おもいでがまっている

清志まれ

文藝春秋

目次

カバー写真　濱田英明
装丁　　　　大久保明子

おもいでがまっている

プロローグ

よく来てくださいましたね。そこのソファに、どうぞお座りください。

生活……福祉課……の方ですか。すみません、目がね、ちょっと悪いものでして、せっかくお名刺を頂いたのに文字もぼやけてしまって。歳なものですから、もうダメですね、いろいろと老いぼれてしまって、お恥ずかしい。

ああ、西陽が少しきつくなってきましたかね。ちょうど、お二人がお座りのところが眩しいかな。ちょっと待ってください。今、レースのカーテンだけでも閉めますから。いつも夕方になると、こうやってベランダの窓を開け放していましてね。このマンションは丘の上にありますでしょう。案外、風の通りがいいんです。冷房など入れなくても、窓を開けるだけで気持ちがいい。昔はここらへんも子どもが多くてね、下で遊ぶもんだから、甲高い声が聞こえてきたものですけれど、ずいぶん静かになりましたかね。

この家ですか。そうですね、長く住んでいます。どうだろう、もう25年は過ぎたでしょうか。いえいえ、建物ができたのはもっと前のはずです。昭和から平成になる頃かなぁ。もう築30年は経っていますね。

私は中古で買いました。住み慣れているので大した不満はないですよ。唯一言えばエレベーターかな。8階建てなのに4階と7階にしか停まらない。今の時代じゃ考えられませんよね。昔の建物は変なところでケチるというかね。なんで各階に停まるようにしなかったのか。うちは5階でしょ、必ず階段を上らないといけない。この歳ですから。スーパーの袋でも持った日には、たった1階分でも、なかなか難儀なものですよ。

ああ、その子ども机、可愛らしいでしょう。孫のものです。色鉛筆を出しっ放しでいけないな。いつもちゃんと仕舞うように言ってるんですがね。

なんでも目が届くところに置きたいと娘が言いましてね、孫が勉強するのも居間がいいんじゃないかって。ほら、卓上ライトがついているような本格的な勉強机だと、居間に置けないでしょう？　だから、娘のアイディアでね、こうやって幼児用の机を二つ横に並べたんです。幼児用って言っても、高さが調整できるんですよ。小学生になっても使える。勉強にしても、お絵描きにしても、天板が広く使えてね。子どもが目一杯、手を広げても大丈夫。狭い団地暮らしですから、せめて勉強くらいはね、のびのびとやらせてあげたいと思っているんです。

そのせいなんですかね、あの子はよく本を読むんです。今どきの子どもではめずらしいんじゃないかな。娘も本は買ってやりたいって言ってね。図書館とかで借りるのもいいんだけど、子どもってのは自分のものになるのが嬉しいものなんですよ。そのテレビ台の下に棚があるでしょう。そこに並んでいる本はみんな、娘が孫に選んでやったものです。ほら、この絵本なんか、よく使い込んでいる。表紙カバーが色褪《あ》せてしまって。

うちの娘は声が高いものですから、ずいぶん賑やかに読んであげて。孫は大喜びですよ。ママ、もう一回、もう一回ってね。今じゃ、あの子も2年生で普段はもう少し文字の多いものを読むんだけれど、母親のことを思い出すんですかね、たまにひとりで絵本を開いて、眺めているときがありますよ。

娘ですか。今は仕事の事情で、ちょっと離れて暮らしていましてね。

小さな子どもを置いて、母親が家を離れるなんてとお思いかもしれませんが、どうか責めないでやってください。仕方がないんですよ。私はあの子がどれだけ孫を……はるとを思いやっているか知っていますから。

そのミシン、年季が入っているでしょう。古い機種です。

娘は私と違って手先が器用でね。子どものズボンくらいだったら自分で縫ってしまう。そこのテーブルクロス、薄水色のパッチワークの……そう、それも娘がこしらえたものです。何度洗っても糸がほつれない。丈夫ですよ。白詰草《しろつめくさ》と……この花は何なのかな、檸檬《レモン》色の花の模様がついていて、男の子は嫌がりそうな色合いだけど、ママがつくってくれたものだと知っていますから、孫も文句なんて言いません。体操着袋も、お弁当袋も、保育園のときにつくってもらったものをまだ大事に使っていますよ。

離れて暮らしてはいますが、この部屋にあるものには娘の思いがちゃんとこもっている。母親の気持ちがね、この家には残されているんです。愛情に囲まれて、あの子は育っているんですよ。わかってくださいますかね。

父親については……それは……まぁ、私の口からはなんとも。お察しください。人間、生きていれば、いろいろな巡り合わせがありますから。いいんですか、こんな話ばかり……。そうですか。こんな年寄りの話をね……なんだか申し訳なくて。え？　なんですか？　すみません、もう一度言っていただけますか……せいかつ？　ああ、生活で困っていること、ですか。ごめんなさい、耳もだめですかね。いやはや情けないな。すみません。

小さな孫とこんな老いぼれの二人で暮らしていますから、それなりにはあるんでしょうけれど……なんだろうな。ああ、なんだか他人事みたいで、すみませんね。

最近は耄碌《もうろく》しているのか、たまによくわからなくなるんですよ。

何かをしていても、すぐにぼーっとしてしまう。今、自分が何をしていたのか見失うというか。こうやって、どなたかとお話ししているときは頭が回って大丈夫なんです。でも、ひとりになるとね……。こないだなんか、気づいたら洗面所のコップをもったまま、ベランダに立っていて、何をしようとしていたんだか……どうも時間が過ぎる感じがよくわからない。昨日があって、今日がある。そして日が暮れたら、明日になりますよね。すみません、当たり前の話を。でもね、そういうことがね、よくわからないんです。ずっとここで座っていた気がして。ああ、朝だったのか。ああ、夕方だったのかって。突然、我に返るんですよ。誰かを待っていたような気もするし、待ち始めたばかりな気もする。何を言っているんでしょうね。もう、孫にも怒られてばっかりですよ。おじいちゃん、しっかりしてってね。

ところで、そちらのお嬢さんはピアノは弾かれますか？

小さい頃に？　ああ、そうですか、なかなか続きませんよね。

ええ、そうです。このアップライトピアノは私が買ったものでね。もう20年以上前になりますが。そりゃ、高かったですよ。我々の世代はピアノに憧れがあるんです。奮発しました。娘に弾かせたくてね。娘が弾いていたものを、今は孫がピアノ教室に通って一生懸命に弾いています。けっこう上手なんですよ。小さい頃は娘と二人でこのピアノの前に並んで座ってね。娘がドレミを教えてやって。微笑《ほほえ》ましいものでしたよ。

それを後ろから眺めるのが……幸せでしたね。

ちょうど、これくらいの時間だったかなぁ。夕陽が沈む前の少し空が赤らんでくるような……。この部屋が永遠に夜にならないんじゃないかって、そんな気さえしてしまうくらい時間がゆっくり流れてね。風が入ってくるんです。この肩のあたりに布をかけてくれるみたいに穏やかな風でね。部屋を撫でていくようで。

そのソファからですよ。今、お二人が座っているソファから眺めるんです。
二人が弾いてくれるメロディを聴いてね。可愛らしい二人だったな。
ほんとうに可愛らしい……。あの子たちは……。

第一章

1　令和　上村深春

コーヒーが苦い。コールドブリューにすればよかった。苦味があとに引かないほうがいい。夏場の一押し商品として、店員は「水出しのものもありますが」と勧めてくれたが、いつもの調子でスタンダードなドリップコーヒーを頼んでしまった。

「はい……はい、仰《おっしゃ》る通りです。その件は弊社も……ええ……検討させていた……なるほど……それって発注時期は御社のほうで……ひゃはは、冗談やめてくだ……はいはい、あの店でね……北村さんが酔っ払っちゃって、あははは……そうそう」

上村深春《うえむらみはる》はずっと考えていた。

なぜ、こういうカフェで、スマホを握ったひとが話す会話だけがことさらに耳障りなのか。おばさま達の年季の入った〝女子トーク〟のやかましさだって、たしかに辟易《へきえき》はするけれど、四角い板に吹き込む、この〝通話〟ほどの鬱陶《うっとう》しさはない。片側だけの〝通話〟

を聞かされることの暴力性。気を向けないようにこらえているのに、こちらの意識にぷすぷすと針で穴を開けられるような、いやらしさ。

声の大きさなんて、たぶん、どうでもいいんだと思う。問題じゃない。

それよりも、なんの脈絡もなく、となりの席で喋り声が始まること。そしてその喋り声が、こちらが思ってもいないタイミングで途切れること。喋り声の切れ端だけが、ちぎりとられては投げ出されて、店内に散らかっていく。どんなに素敵な音楽だって、途中から流れて、ぶつっと切れて、また流れてを繰り返されたら、気が狂うだろう。

ああ、そうだ。そこに時間の流れがないんだ。声と声とのあいだに無音が挟まれて、その心地の悪い静けさが、いつ始まり、いつ終わるかわからない。

途切れるばかりで流れていかない。深春は時間というものは滞りなく過ぎていってほしいと思っていた。つんのめることなく、前に進んでほしい。けして止まってほしくない。だから深春はため息をつきつつ、願った。電話相手の返事までは聞かせてくれなくていい。せめて宙ぶらりんになった声の端をつなぎとめる、小さな相槌《あいづち》くらいは聞かせてほしい。

コーヒーをもう一度、口に運ぶ。いまだ過去にとどまる苦味を、新しい苦味で打ち消す。前を見るとテーブルの向こうから、こちらに視線が向けられていた。

「深春、聞いてる？」

「うん、聞いてるよ」

「どう思う？」

「うん……正解はないよね」

「そう、そうなの。正解がないの。だから私も迷っちゃうんだよね」

「うん」

自分は相槌がうまいと思う。だが、あまりに上手に相槌を打つと、会話がなめらかに流れすぎて、相手が何を話していたのか、拾い損ねてしまう。

「やっぱり自分の気持ちに正直になったほうがいいと思うの」

「うん」

「深春もそう思う？」

「うん」

「そうだよね。ありがとう。もう一度、ＬＩＮＥ返してみようかな」

「うん」

そうだ、別れた彼氏の話だった。

なぜ、いちいち迷うのだろう。未練があるとわかっているのなら、彼のもとに戻ればいい。なんなら今夜仕事が終わったあと、さっさと部屋に押しかけて抱きついてしまえばいい。

余裕があるんだ。余裕があるから、迷える。迷いとは余裕そのものだ。

未来に分かれ道があって、行き先のすべてに、それなりの魅力があることに気がついている。今ここから、いくつかの未来を覗《のぞ》けている。ぐずぐずと迷いの浅瀬に入り浸るのは

「きっといいことがある」という予感にたっぷりと酔えるからだ。未来を選り好みする甘美を味わえる。楽しんでいるじゃないか。思わず呟《つぶや》きそうになってしまった。

「今晩、彼の家に行っちゃえばいいじゃん」

「え、いきなりすぎない？」

「ＬＩＮＥの返信より、実物のあんたが戻ってきたほうが話が早いでしょ」

「まぁ、そうだけど……さすが深春だね。なんか、もはや男らしいわ」

「背中を押してあげてるだけです」

「やっぱり、私、あのひとじゃないとダメなのかな……。つくづく思ったんだよね。ああ、ずっと忘れられないいんだなぁって」

　相槌を打つのを忘れた。コーヒーを口もとに運び、また苦味を流し込む。目の前では丁寧に手入れされた細い指先が、カップについた口紅の跡を紙ナフキンで拭いている。

「深春はさ、あんまり元彼とかを引き摺らなそうだよね。過ぎたことを気にしなそうっていうか……忘れられないこととか、ないの？」

「忘れられないこと……？」

　ライトピンクの爪。混ざり込んだラメがカフェの照明を浴びてにわかに光っている。木製のテーブルに置かれた彼女の右手の甲には血管が浮き出ていて、皮膚で包まれた淡い青はピンクと調和するようで、可憐に見えた。

　ずるいものだ。弱々しさが甘い蜜のように香り、こちらの優しさを誘い出す。本人は自覚なんてしていない。相手がついこぼしてしまった優しさを素知らぬ顔で掬《すく》いとり、無邪気に口に運んで舐めとるだけだ。それが若い女なら可愛げと言い換えられるかもしれないけれど、老いに身を侵食されている小男だったら、どうか。

あの団地の、あの部屋の、あのソファの前で差し出された、男の手。

男の手にも血管が浮き出ていた。それは若く、瑞々《みずみず》しい皮膚に包まれているものではなかった。薄い膜のようになった皮膚は縦の皺が寄っていて、少しでも擦《こす》れば剝《は》ぎ取れてしまいそうだった。節がくっきりと隆起していて、肉の薄い指が余計に脆《もろ》く見えた。

老いたな。チューさん。

手が視界に入ったとき、そう思った。かすかな憐れみが、自分の胸の奥で湧いたことに驚いた。弱々しい有り様にほだされてはいけない。そう思って、男の手を凝視した。

顔をあげたときに気がついた。変わったのはこの男だけだ。

西陽が眩しくて眉をしかめた。逆光で男の身体は影そのものになって暗く沈んでいた。黒々としたアップライトピアノが男の肩の向こうに見えた。夕暮れどきの穏やかな風が毛並みの短いアイボリーのカーペットを撫でるようにして滑り込んできて、部屋は外の静けさを拒むことなく受け入れていた。

聴いたことのある静けさだった。静けさは無音ではない。

まだ少女だった頃、あの部屋で深春は、そのことを学んだ。

ベランダの向かいには陸橋があって、そこを走る自動車のエンジン音が風に混ざる。脈絡なく、音の小玉がくるくると転がるような椋鳥《むくどり》たちの鳴き声。ときおり空に線を引くように抜けてくる、近い年頃の子どもたちの声。ピアノの前には背筋を伸ばして座る兄の後ろ姿があった。うぶな金属音が、少しふらつきながら、けなげに部屋のなかを歩いていくような演奏。うなじには汗が滲《にじ》んでいて、それがTシャツの背中へとつたっていた。ミシンが布を叩く音が好きだった。ミシンが鳴っているということは母がそこにいるということだから。だが、ミシンはむすっとしたまま、なかなか動いてはくれなかった。その横で低くうなる扇風機の動作音が、どんな虫の羽音よりも下品だった。

静けさが宙に舞った毛布のようにはためいて、幼い二人に覆いかぶさっていく。まるで二人の存在を世界から隠すように、くるんでしまう。始まりも終わりもない。この凪《なぎ》のような静けさのなかにいると、時がちゃんと過ぎていかないような気がして怖かった。このままじゃ、いくら母を待っても、母が帰ってくる未来にたどり着けない。

だから兄はピアノを弾き続けてくれた。何曲も何曲も弾いてくれた。兄が指で音を鳴らすたびに、メロディはちゃんと始まって、ちゃんと終わってくれた。音が途切れるところまで時は進む。そのたびに、自分は母を待つこの重苦しい時間から、兄妹二人で抜け出せる気がした。

そう、もうあの時間からは抜けだせたはずだった。〝あったこと〟だけれど、記憶の暗い淵に投げ棄てた時間。もう諦めて、手放すことができたはずの時間。

だが、老いたあの男が目の前で影になったとき、深春は気づいてしまった。

部屋は、なにひとつ変わっていなかった。

あの時間は、そこで待っていた。ほんのひとときも前に進むことなく。

音も、温度も、匂いも、何ひとつ変えずに。身を潜めて、薄い息を吸って、吐いて。生きたまま、おもいではそこでまっていた。

〝忘れられない〟ということを、私にそっと、つぶやくために。


「ごめん、変なこと聞いちゃった？」

さっきからループして流れている店内ＢＧＭが急に音量を上げたように感じて、肩をすぼめた。店員がテーブルの脇に控えていて、その手に抱えられたプレートには季節はずれのモンブランがのっている。

「深春、黙っちゃうし、深刻な顔してるから、また私がやっちゃったかなって思って」

「あ……いや、ごめん、そういうんじゃない。っていうか、あんた、またこんなもの頼んで。ダイエット週間なんじゃなかったっけ？」

細い指が控えめを装ってテーブルの上を遠回りしながら、少しずつフォークに近づいている。モンブランがのった皿を彼女から奪うふりをしてからかうと、上目遣いでこちらを見て「おねがい」と小声を出した。笑ってしまった。

次々にやってくる今日を摑んではすぐに手放して、生きてきた気がする。

ちょっとでも過去に執着して、もたついていたら、またあの静けさに足をとられてしまう。だから、前へ前へと逃げてきた。そして今、この騒がしいカフェにたどり着いている。くだらなくて、欲しいものは欲しいと言えて、愚痴を吐ける余白があって、傷つくことはそれなりにあるけれど、生活そのものを奪われる残酷な落とし穴はちゃんと誰かが塞《ふさ》いでおいてくれる、せわしなくて、やかましい、この凡俗な日常。

「そろそろ私、職場に戻るね。じゃ、今晩、頑張って。何を頑張るのかわかんないけど」

「もう、やめてよ。うん。ありがとう。深春」

モンブランが半開きの湿っぽい唇に運ばれたのを見届けて、深春は席を立った。

2

上村深春が勤務する福祉部、生活福祉課、高齢者自立支援係は市役所の本庁2階にあって、相談窓口の受付には常時、少なくとも2名の職員が配置されている。

半年前に市長選があり、「だれもひとりぼっちにさせない政治」という淡白なJ-POPの歌詞のようなキャッチフレーズを掲げた元スポーツ選手の候補者が、4期16年にわたり市政を動かしてきた前市長を破り当選した。

わかりやすく、甘ったるいキャッチフレーズそのままに、新政策の基幹とされた福祉の充実は、福祉部の各課に、大幅な人員増というかたちで実施された。

「高齢者福祉に関わる窓口には何がなんでも人を置け」という新市長の厳命は市民ウケもいいし、職員にとっても願ったり叶ったりで現場もひとときは沸いたが、一方で増員が認められたのはこれまた〝わかりやすく〟高齢者に関連する部門だけだった。

生活福祉課の本丸で、もっとも業務が過酷とされている生活保護係は増員どころか実質的な減員となり、余計に疲弊の色を増していた。

〝福祉〟というレベルで救うひとと〝保護〟というレベルで救うひととでは、抱えている窮状の深刻さが違う。生活保護費の受給を認めさせようと、出刃包丁を持って受付にやって来る元暴力団員の困窮者と対峙したり、受給を最後まで拒んで餓死した老夫婦の死体をアパートで発見したりという経験は、なかなか表では語られない。

本当に暗いところは、そこに光を当てる覚悟が無ければ見ることができない。

集票狙いの言葉遊びをしたにすぎないスポーツ選手に、その覚悟を求めるのは難しいが「保護係の増員がなければ意味なし」という現場の本音を反映させようと、福祉部長の内《うち》村進一《むらしんいち》は、生活福祉課に高齢者自立支援係という新たな係を発足させる案を上申した。生活保護案件においても対象者が高齢者であればこの係で対応し、生活保護係の業務負担を少しでも分散させる。

係名に高齢者とつけておけば、あの新市長はにこやかに決裁を下ろしてくれるはずだという内村の読みは見事にあたり、はれて現場の念願であった生活保護業務の人員増加が実現され、職員たちはやっと本当の意味で、安堵した。

「上村さん、ごめん。このあいだ訪問調査した松野忠之《まつのただゆき》さんの調査票をまとめてみたんだけれど、一度確認してもらっても、いい？」

「わかりました」

増員にともない先月、新たに生活福祉課に配属された五十嵐瑛太《いがらしえいた》は深春よりも年次が5つ上で、以前は地域振興課に籍を置いていた。福祉関連の部署に異動するのは今回が初めてだが、役職は課長代理で、立場上は深春の上についた。

隣のデスクに深春が顔を向けると、ほぼ鼻先に写真入りの職員証を包んだパスケースがあった。五十嵐はすでに席から立ち上がっていて、こちらのデスクトップPCを覗きこむようにしている。シャツを洗った洗剤だろうか、パスケースをかけた五十嵐の鎖骨あたりから石鹸臭い香りがする。

「今、PDFデータで送ったから。メール開いてみて」

距離が近い。データを送ったなら、わざわざ近づいてこなくていい。

「おばさまウケがいいのよ」とは課内の先輩女性職員の皮肉をこめた評価で、目鼻立ちの良さとスーツが似合う長身が、地域振興課時代は地元商店街で淑女たちの人気を集めたらしい。

「松野さん、いいひとだったよね」

「ええ、そうですね」

また相槌を打ってしまった。わずかな躊躇《ちゅうちょ》の余韻を数秒前の過去に置き去りにしたまま、五十嵐から送られたメールの添付ファイルを開く。

・対象者、松野忠之。68歳。同居の児童1名。
・近隣住民から松野が徘徊《はいかい》し、周辺の児童に声をかけている旨、通報あり。ゴミ出し等をめぐっても、複数回トラブルがあったとのこと。民生委員からも同様の報告があり、同居児童もいることから、訪問調査に至る。
・軽度の認知症と思しき症状を確認。要支援1、2程度か。日常生活は維持できている。医療機関は未受診。受診を勧め、診断を待ちたい。
・同居の児童（松野はると、10歳。小学校4年生）の養育環境に民生委員より懸念の報告があったが、虐待、ネグレクト等の兆候は確認されず。生活実態把握のため、学校等への聞き取り調査、要検討。
・面談における松野の様子。会話を促すと饒舌《じょうぜつ》に話すが、突然無言になり放心する場面、同内容を繰り返す場面などが、複数回あり。記憶が曖昧な部分が散見される（孫のことを2年生だと言及する、西暦、日付などの把握ができていない等）。
・生活費は松野の年金と貯蓄で賄《まかな》っている模様。詳細な管理状況は不明。室内の生活状況（良好、ゴミの散乱等なく衛生状態良し）を見る限り、経済的困窮が差し迫っているとは考えられない。なお、松野に成年後見人はいない模様。

・住民票に記載の松野紗穂《さほ》（松野はるとの母、30歳）の所在が不明。要追加調査。

「少し細かすぎたかな」

「いや、生活福祉課はケースファイルの管理が業務の基本ですから。調査対象の情報はなるべく詳細に、丁寧にというのが課内の方針なんで、いいと思いますよ」

「そこまで大変な状況じゃないとわかってよかったけれど、とはいえ、できるなら医療機関につないで、サポートしてあげたいね」

深春は声を出さずに、顎《あご》を動かすだけで相槌を済ませた。

石鹸臭い香りが再び揺らぐ。ラベンダーであるとか、シトラスであるとか、空気に着色スプレーをまぶしたような猥雑《わいざつ》さがあったほうがまだマシに思える。淀みのない清潔さをひけらかすような匂いに、深春は小さく咳をした。

「あの子も、良い子そうだった」

面談の終わりぎわに、ちょうど学校から帰ってきた男の子がいた。

松野はると。10歳。松野忠之の孫ということになっている。訪問調査のもう一つの目的は同居児童のはるとが劣悪な養育環境に置かれていないか、確認することだった。

「こっちを怖がって口数は少なかったけれど、一見して賢い子だってわかった。そういうのってさ、わかるよね」

たしかに利発そうな子ではあった。はっきりとした二重まぶたで、見知らぬ大人であるこちらにも臆することなく視線を送ってきた。薄い唇を開き「こんにちは」と告げて頭を下げた。祖父が誇らしげに逸話を披露した二つ並びの子ども机の脇にランドセルを置き、学校でもらってきたプリントを机の上に几帳面に並べていた。「ご飯、炊くね」と祖父に声をかけると、そのまま小さな背中はキッチンへと向かった。

家事の多くを、もう、ひとりでこなせるという。

出来の良い孫の姿を満足げに眺める老人よりも、よほど惚《ほう》けた目をして「おじいちゃんのお手伝いをしてえらいね」と五十嵐は少年の後ろ姿に声をかけていた。

聞こえなかったのか、無視したのか、返事はなかった。

「松野さんも、あの子を本当に大切にしてた。生活も楽じゃないだろうにピアノまで習わせて。あのピアノは昔、お母さんが弾いてたんでしょ。おじいちゃんがお母さんの思い出をちゃんと孫に言い聞かせるなんてさ。ちょっと俺……聞いてて泣けてきちゃったよ」

「そうですね」

今度の相槌は少しタイミングが雑になった。

「書式は問題ないと思います。これで提出して、課長以下、確認印もらってください。それが済んだら、あとは私が個別ファイルに綴じておきます」

頷《うなず》いた五十嵐は目尻を下げながら、自分が心優しい人間であることを指差し確認するように、PC画面の調査票を名残惜しそうに見続けている。

深春はもう一度、少年の姿を思い浮かべていた。はるとの姿もまた、夕陽が乱反射する部屋のなかで影となって沈んでいた。同じシルエットを私はかつて見たことがある。

あの部屋のなかにおさまる、小さな背中……それは、兄だ。

事実を知ったら、この感動好きな先輩はどんな顔をするだろう。

たとえば、あの優しげな老人が語っていた、いくつもの過去がすべて嘘だと知ったら。

あの部屋は、あの老人が、ある兄妹から奪いとったものだと知ったら。部屋に残るものはすべて、かつて兄妹と、その母親が愛を注いだものだと知ったら。

そして、その兄妹のひとりが、今、目の前にいる私だと知ったら。

——あのときの少女にとって——

男が喋ったことはぜんぶ〝嘘〟で、部屋にあったものはぜんぶ〝本物〟だ。

私はあの部屋にいた。あのソファに座っていた。あのテーブルで、母と兄とともに夕飯を食べていた。あのピアノは兄が弾いていた。あの絵本は、私たち兄妹のものだった。

テーブルクロスも、体操着袋も、お弁当袋も、みんな母が縫ってくれた。

母が使いこんでいたミシンをじっと睨《にら》みながら、私たちはずっと待っていた。

あの男は、あの部屋から〝私たち〟という過去だけを漂白したのだ。

あの部屋の、ありとあらゆるモノにこびりついていた、私たち家族の物語を漂白して、そのうえに新しい偽りの〝過去〟を塗りつけた。部屋にあるものはぜんぶ、あの子の母親が愛をこめて、選んだものだと。

すべてが、彼らのものになった。はるとは……あの少年は……偽りの〝過去〟のなかで生きている。かつての私たちと同じように母を待ちながら……。

「はるとくんの学校の聞き取り調査、任せちゃうけどよろしくね」

席に戻り、やっと遠ざかってくれた石鹸の香りの先から五十嵐の声が聞こえる。「わかりました」と言えばいいだけなのにすぐに声が出なかった。五十嵐は気にせずに続けた。

「松野さん、上村さんのこと、気に入っていると思う」

「どういうことですか？」

「女性のほうが安心するというのもあると思うけど、やっぱり上村さんの人柄だよ。真剣に頷きながら話を聞いてくれるから、松野さん、話しながら、ずっと上村さんの目を見てたもん。さすがだね、すぐに信頼されて」

信頼？　そんなもの、されたくもない。いや、そもそも次に会うときにはもう、私のことも、五十嵐のことも、あの男は覚えていないだろう。

「僕はまだケースワーカーとしては1年生だから。これからしっかり上村さんに教えてもらわないとね。いろいろよろしくね」

あんなに単調な石鹸の匂いを放っているのに、世辞と下心はちゃっかり混ぜ合わせてくる。深春は「私の方が後輩ですから」とそっけなく言葉を投げ返した。

年老いたあの男は、すっかり白濁した瞳でこちらを見つめていた。自分の記憶さえ漂白してしまう今の彼は、ちゃんとみつけられたのだろうか。かつての少女を。あのときの私を。目の前にいたぞ。私は忘れられないでいるのに、あの男は忘れてしまっている。

深春はそのことが、何よりも悔しかった。

チューさん。忘れたの。

3

通された応接室の窓辺には、透明のプラスチックケースが置かれていて、そのなかに乳白色の樹脂でつくられた校舎の模型が鎮座していた。長年窓辺で陽射しを受け続けたせいなのか、模型の前に置かれた小さなプレートは色褪せていて、かろうじて「竣工昭和63年」の文字だけが読み取れる。

プラスチックケースの真隣には、屋上から撮られた校庭の写真が額に入れて飾られていて、写真のなかでは教師たちが「開校30周年おめでとう」と書かれた横断幕を掲げ、子どもたちは「30」の人文字をつくっていた。写真の発色は鮮やかで、目をつぶってしまった生徒の表情もよく見てとれる。左隅にQRコードが印字されていて「本校の歩みはこちらをご覧ください」と矢印がついている。スマホをかざしてカメラアプリを起動しようとしたところで、後ろの戸がガラガラと開く音が聴こえて、深春は手をとめた。

「ああ、気にせず、気にせず。ぜひご覧になってください」

入ってきたのは白髪混じりの中年の男だった。下腹が丸く膨《ふく》らんでいるが、身長があるせいか、だらしなくは見えない。グレーのスーツはちゃんと縦の折り目が残っている。

「数年前のＰＴＡ会長さんがウェブエンジニアっていうんですか、そういうパソコン系のお仕事をされていて。いやぁ、私みたいな古い人間には全くわからないんですけどね。ご厚意で学校の紹介ページみたいなものをパパッとつくってくれて。若手の教師も巻き込んで熱心にやってくれまして。けっこうな力作ですよ」

　スマホの画面では動画が動き出し、開校した平成初期の頃の生徒たちが校庭を駆ける映像が流れている。動画の右上に西暦が表示されていて、徐々にカウントアップされていく。あの頃の映像に近づいたところで、深春は画面を閉じた。

「市の生活福祉課の上村と申します。すみません、お時間を頂きまして。五十嵐から事前にご連絡させて頂いていると思うのですが、本日は……」

「松野はるとくんのお祖父《じい》様の件ですよね。４年生の。保護者の皆さんから、お祖父様のことは何度か学校にも連絡がありましてね。ちょっと……その、近所をね……」

　眉を八の字に曲げ、口もとに笑みを浮かべながら、首を傾げる。だいぶ年長のはずだが人懐っこそうにも見える顔つきは、長年、子どもたちに接してきたゆえだろうか。

「教頭の佐々木です。もう少ししたら、学年主任で担任の大森も来ますので。それまでは私のほうから」

　校庭に面した窓は開けられていて、入ってくる風は涼しい。グラウンドの周囲は木々で囲まれていて、葉が擦れ合う音が、夏の終わりが近づいていることを囁《ささや》きあっているように静寂のなかで揺れている。

「だいぶ静かでしょう。昔は校庭を開放していたから、放課後も騒がしかったんですよ。でも、もう、このご時世でしょ？　安全第一で校門閉めちゃうんです。生徒も帰らせてね。近所のひとも入れない。グラウンドには誰もいない。学校が静かだなんて、なんか変な気がしますけどね。ああ、どうぞ、そちらにおかけください」

腰掛けたソファの前のローテーブルにはいくつかのファイルが積まれ、そのうちのひとつを佐々木は手にとり「2組、2組……」と呟きながら、パラパラとめくった。「ああ」と声を漏らすと、指をとめたページを眺めながら「まぁ、はるとくんはね、何にも問題がないというか……」と、独り言のように言った。

松野はるると。成績は問題なし……というよりも優秀な部類に入るという。クラスで何番目という数え方より、学年で何番目という数え方で名前をあげる生徒。教室ではしゃぐタイプではないが、友人がいないわけではない。言葉数の少なさは周囲に落ち着きとして受け取られていて、信頼を集めている。「だから女の子にモテるらしいですよ！」と急に佐々木が高い声を出して笑ったので、深春は呆気にとられてしまった。

「何か懸念されることはありますでしょうか。素行の面で気になるところがあるとか」

「いやぁ、ない、ない。私は毎日、下校時に校門の脇に立って生徒を見送っているんですけれどね、あんなにしっかり挨拶する子はめずらしいですよ。子どもっぽさがないわけではないけど、大人びているのかなぁ。肝が据わっているというか。複雑な家庭環境の子はどちらかに分かれることが多いですね」

「どちらかというのは?」

「すごくグレるか、すごくしっかり者になるか。もちろん、現実はそんなに単純ではありませんけどね。彼は後者でしょうな」

深春は頷きながら、手帳にメモをとる。だが、ここまでは予想通りの話ではあった。

佐々木は、深春が質問をぶつけようとすると笑顔でそれを制し、少し小声になって語り始めた。

「給食費の支払いとかね、そういったものが滞ったことはないんです。私たちもいろんなご家庭を見てきていますから。そういうご家庭にありがちな〝綻《ほころ》び〟みたいなものは見逃さないように注意しています。生徒を守りたいんでね。でも、はるとくんにはその〝綻び〟がない。身なりもきちっとしてる。あ、この子、家でご飯を食べていないぞ、みたいなこともない。本当にちゃんとした生活を送っている。たぶんね、彼自身が相当にしっかりしているんです。これはウチの生徒が可愛くて言ってるんじゃないんですよ。客観的な事実として言っています」

口もとこそ笑みを残しているが、佐々木の声に先ほどまでの陽気さはなかった。まるで教室の片隅で机を挟み、真剣な眼差しで生徒を諭《さと》すような口調だった。

「担任が家庭訪問に行っても、おうちのなかはきちっと掃除されている。お祖父様もまだ家事のあれこれをご自身でおやりになっているようですが……それでも、はるとくんの手伝いがあって、なんとか成り立っているんだと思います。まだ10歳の男の子が本当に感心なこととというかね、驚かされますよ」

たしかに、あの部屋は死んではいなかった。

持ち主を失い、放置されたまま、時間の風に晒《さら》されて朽《く》ちていくだけの部屋ではなかった。家具や食器やカーペット。部屋をかたちづくる小さなモノたちのぜんぶが今もなお、しっかりと人の手に触れられ、丁寧に扱われている。そんな気配が漂っていた。

あの部屋はまだ呼吸をして、生きている。しかし、その脈動があの老いぼれた男のしわくちゃの手によってではなく、年端《としは》もいかない少年のけなげな奉仕によって保たれているのだと思うと、それは深春にとってとても小さな驚きだった。

「上村さんは、はるとくんのお母様のことはもうお調べになっていますか?」

膝うえで開いていた手帳に、不意に栞《しおり》を投げ込まれたかのような問いかけだった。

「いえ、まだ、ほとんど」

「そうですか。個人情報にも絡みますので、私どもからはあえてお伝えしませんが、お役所の方だったら、正式な手続きを踏めばすぐおわかりになるかと思いますが……」

思い浮かぶ、いくつかの可能性が深春の頭のなかをめぐり、わずかな沈黙が生まれてしまった。取り繕う言葉を探しはじめたところで、時間切れを告げるようにドアをノックする音が響いた。

「失礼します」

「しつれい、します」

佐々木が眉をあげて、きょとんとしている。二つの声が聞こえてきたことも意外だったし、そのうちのひとつが甲高いことは深春も予想していなかった。

「あれ、はるとくんも連れてきちゃったの？」

「いや、本人がぜひ自分でお話ししたいと……」

「それはわかるけれど、さすがにダメだよ、大森先生。役所の方とはいえ、保護者の許もとらず、お子さんを会わせるというのは」

佐々木の顔からは笑みさえも消えていて、一方ではるとの肩に手を添えている若い男性教員は、なにか決意めいた顔つきで、自分より背丈のある教頭を見据えている。教師たちで言い合わせて、はるとを連れてきたというわけではないと思った深春はソファから立ち上がり、まず、はるとに向かって頭を下げた。

「こんにちは、市役所の生活福祉課の上村と言います。このあいだは突然おうちにお邪魔して、ごめんね。教頭先生にはるとくんがしっかり者だということをちゃんと聞けたから、もう大丈夫。安心しました。お姉さんはもう帰るので、今日はご挨拶だけで」

もう少し背が伸びたら、ランドセルが小さく見えるのかもしれない。

はるとは背筋をまっすぐに伸ばし、唇を閉じて、自分の不安がこぼれていかないように耐えているようだった。視線は逸らさない。顎を引いて、少し俯《うつむ》いているようにも見えるが目だけはこちらに向けられている。はるとの瞳は子どもらしく濁りがなく、澄んだ黒目が鏡となって、綺麗に外の世界の映像を撥《は》ね返していた。そこに自分の姿も映っているはずだ。そう思うと、深春は目を逸らしたくなった。

「おじいちゃんが……祖父が、ご迷惑をおかけして、ごめんなさい。ゴミの分別のことはあれから気をつけるようにしています。僕は困ってません。ご飯も自分でつくれるし、学校もちゃんと通えています。なので、おじいちゃんを……その……」

微笑んでやればいいことはわかっている。対象者が不必要な心配に怯《おび》えているケースではまずは安心させ、丁寧に説明を尽くす。それがセオリーだ。ましてや相手は10歳の少年だ。だが、ここで笑顔をつくったら、むしろ彼は怖がるんじゃないか。

あの頃、微笑みかけてきた大人たちは、決まって、自分たちの前を去っていった。

「うん。謝らなくていいし、よくわかりました。ひとつ勘違いしているかもしれないけれど、お姉さんたちは、はるとくんとおじいちゃんの味方だから。二人がすごく困ってしまったときにちゃんと助けられるように、お話を聞いてるだけなの」

〝味方〟という言葉を口にするとき、わずかに心拍が速まった。はるとは隣にいる担任を上目遣いで見てから、もう一度こちらを見据えて、こくりと頷いた。

「僕も家庭訪問に伺って実感したのですが、お祖父様ははるとくんを本当に大事に思っていらっしゃいます。はるとくんもおじいちゃんが大好きで。たしかにお祖父様の状態は心配なんですが、僕も担任として、できる限りのサポートをしたいと……」

少し早口になった担任の大森の胸の前に佐々木は手を伸ばし、「まぁ、そこらへんで」

となだめた。

「あの……これ……。見てください」

はるとが片手で巾着袋を差し出した。

明らかに既製品ではない。おそらくこれも、あのミシンで縫われたものだろう。ライトグリーンの布が日焼けしていて、時間が染みとなって滲んでいるようだった。深春はじっと巾着袋を見た。自分の記憶のなかにあるものではない。そう思いたかったが、かつて触ったことがあるような気もして、すぐに手にとれなかった。

「開けてもいい？」

はるとが頷くのを待って、渡された巾着袋のなかをあらためると、そこには何通もの封筒が入っていた。宛名はすべて松野はるとになっていて、差出人は松野紗穂と書いてある。母親からの手紙だ。住所などは書かれていない。そして、消印もなかった。

「お母さんからの手紙です。おじいちゃんから、たくさん、お母さんのことは聞いていて……僕が中学生になる前には必ず家に帰ってくるって。それまで僕が家のこと、ちゃんとしていられれば、たぶん、うちはもう大丈夫です」

大丈夫ですという言葉だけ、語気が強まったのが切なかった。

信頼させたかったのか、はるとは手紙の文面も見せようとした。封筒から抜き出した便箋を広げると、罫線《けいせん》の地平に行儀よく整列するかのように達筆な文字が並んでいる。すべての文字が右上がりに書かれていて、美しい。漢字は少なめで、子どもへの配慮も感じる。

内容よりも、その整いすぎている文字の隊列に目を奪われた。

そう、整いすぎている。佐々木に視線を送ると、担任の大森に目配せし、二人で何かを確認しあうように頷いていた。

便箋を封筒に入れ直し、丁寧に巾着袋に戻して、紐を締めた。

「ありがとう。お母さん、字を書くのがとっても上手なんだね」

はるとはまた頷いた。あどけない頬に笑みが戻った。母親のことを褒められて、表情が綻ぶなんて、まさに子どもらしいが、それを可愛いと言ってしまいたくはなかった。

「大森先生、もう上村さんもお帰りになるから、職員室に行って、来校受付の書類を持ってきてもらっていい？　一応、上村さんにサインだけしてもらって」

そう言って大森を部屋から出させると、佐々木は先ほどから立ったままのはるとの頭を撫で、ソファに座るよう促した。

「ほら、座って待ってなさい。教頭先生も隣に座るから。上村さんも、どうぞお掛けになって。はるとくん、ごめんな。今日は変に緊張させちゃったな。でも、ちゃんと話してくれて、ありがとう。上村さんもはるとくんがおうちのことをとっても頑張っていること、よくわかったんじゃないかな。ね、そうですよね？」

「はい、ほんとうに」

久しぶりに心の底から頷いた相槌だった。今さっき大森を部屋から出させたばかりなのに「遅いな」と呟くと、佐々木はせわしなく立ち上がり、廊下を見にいった。ひとり残されたはるとは、ちょうど深春と向き合う位置に座っている。

はるとの唇はまた笑みを失って、横に閉じられている。

「お姉さんも昔、お母さんを待っていたときがあるの。お兄さんがいてね。今のはるとくんより少し年上だったかな。二人でずっと待ってた。でも私たちには手紙も来なかったし、結局、お母さんは帰ってこなかったけれど」

はるとの頬が強張《こわば》る。それでも深春は微笑みはしなかった。

いっそ微笑みかけてしまえるのなら、その方が楽だった。

「会えなかったの？　どうして？」

その質問には答えない。いや、答えられない。

「大丈夫、君は会えるよ」

耐えきれなくて、かたちだけは優しさに見える言葉を口にしてしまった気がした。

自分がこぼした言葉は、いつか嘘になってしまうかもしれない。それは今ここからでは、わからない。

罪深い。「会える」というゴールがあると信じさせて、少年を〝待つこと〟に縛るのか。そのゴールが幻になってしまったら、少年はどうすればいい。これではまるで、あのときの〝あの男〟と同じではないか。深春は唇を噛んだ。

「でも、それが君にとって幸せなことなのかは、わからないけれどね」

吐いてしまった。しまったと思って、はるとを見ると、はるとは俯きながら「うん」と言った。声を出して頷いてくれたのは、そのときが初めてだった。

4

「返却日は2週間後になります。毎週月曜日は休館日ですので、もし月曜日に返却なさる場合は、本館入口脇の返却ボックスにお入れください」

受付でハードカバーの小説を2冊受けとり、カバンのなかに納めると、深春は館内に併設されたカフェに向かった。市の庁舎から歩いて数分のところにある市立図書館は、外装こそコンクリート剝き出しの灰色の巨城だが、館内は数年前にがらりと雰囲気を変えた。

企業誘致に積極的だった前市長が、大手書店チェーンとの提携を実現させ、書棚の壁が迷路をつくっているだけだった殺風景な館内は、小洒落《こじゃれ》た文化スペースへと生まれ変わった。その企業は書店にカフェなどを併設する複合施設のプロデュースビジネスで全国的に成功していて、この市立図書館のケースが関東初の自治体とのタッグとなり、当時はそれなりの話題になった。首都圏内とはいえ、東京という大都市にぶらさがる、あまたのベッドタウンのひとつに過ぎないこの街の出来事が、全国ニュースの素材になる機会はそう多くない。内装を担当した有名デザイナーのギャラが高すぎて、税金の無駄遣いだとワイドショーで槍玉にあがったときも、街の人々は市長の悪口で盛り上がりながら、どこかはしゃいでいるような節があった。

「こころと、きずなが、あつまる場所」という、やたら平仮名が多いキャッチコピーが掲げられ、開館当初こそ人で溢れ返ったが、市民の〝こころ〟は散るのも早い。

　最近はもとの閑散とした様子を取り戻し、気がつけば深春のような本の虫たちが以前と変わらずそこに巣食っているだけで、コーヒーを飲みながら読書に没頭できる新しい止まり木を、彼らが手に入れただけのことだった。

　どうも貧血っぽい。肩を後ろから引っ張られるような疲れに糖分が欲しくなって、深春はカウンターでホットココアを頼んだ。サイドプレートにはシュガードーナツとチェリーパイがのっている。

　甘いものが好きだ。甘みは即効性がある。どんなときも最短距離で幸せにしてくれる。

　仕事のカバンにはいつも、アポロのいちごチョコレートの箱が忍ばせてある。子どもの頃から好きだった。三角型の一粒を唇に運んで、舌の上でころころと転がせば、焦《じ》らされることなく、すぐに美味しいというご褒美をもらえる。一粒、一粒、その瞬間だけに集中して味わう感覚が好きだ。いつ終わるとも知れない待ちぼうけの日々のなかでは、どんなにささいなことでも、今、ここで、すぐに与えられる喜びが必要だった。幼い手でアポロの箱を握りしめていた。あの頃の感覚はまだ残っている。今日だって、許されるならシュガードーナツのとなりにアポロをいくつか転がしたいけれど、カフェのなかではさすがにそれは行儀が悪いか。

食べ終わった皿をテーブルの端に寄せ、先ほど借りた本を置く。

母が失踪してから、この図書館には兄妹二人でよく来ていた。

当時は壁紙に現代アートはプリントされていなかったし、窓際のソファはもっとカビ臭かった。でも、空調が効いていて、寒くないし、暑くない。駅前にたむろしているようなヤカラもいない。深春と兄の駿介《しゅんすけ》にとって、なによりも良かったのは、目的がなく訪れても誰にも拒まれないことだった。

手足に痣《あざ》をつけた男の子がひとりで来ていた。「ごめんなさい、ごめんなさい」と小声で延々と囁いている30代くらいの女性が来ていた。腰の辺りまで髪を伸ばし、履いている靴のつま先が砕けて、指が見えているホームレスのおじさんが来ていた。

誰かの逃げ場所になっている。そのことを図書館のひとたちだってわかっていたはずだけれど、あの頃はそれをわざわざ声に出して指摘するひとはいなかった。

本の表紙をめくろうとすると、カバーにまとわりついた埃《ほこり》が舞い上がり、きらきらと光った。図書館は天井までガラス窓で、本が日焼けしないようにレースシェードが吊られているが、それでもほどよく柔らかい光が漏れてくる。

好きな作家が雑誌のインタビューで紹介していた40年以上前の小説だ。さんざん多くのひとに借りられて、カバーは黄ばんでいて小さな染みがついているし、ページの隅が折られているところもある。だが、本のなかの〝おはなし〟に流れている時間はずっと新しく、生き生きと瑞々しいままだ。本をめくれば未知の時間を泳ぐことができる。深春はそれがとても好きだった。

あの部屋に兄妹二人でいたときも〝おはなし〟は深春の逃げ場所だった。

兄の声がいつも手をひいてくれた。妹の自分にせがまれて、兄は毎晩、児童書を枕もとで広げてくれた。すでに小学校にあがっていて、絵本の読み聞かせをしてもらうような年頃ではなかったけれど、母がいない寝室の静けさは、こちらの寝息さえもまるで無かったことにされそうで怖かった。まぶたを閉じて、夜の奥へと意識を預ける決心がつかないときは、いつも〝おはなし〟の世界に逃げようとした。

兄の声は優しかった。声変わりが始まったばかりで、吐息に砂粒が混ざり込んだような読み声は少し痛々しかったけれど、ひとたび読み始めれば、章が終わる区切りのところまで兄は必ず読みきってくれた。けして手を離さず、必ず物語の先へと連れていってくれる。兄がいなければ、あのとき、私は眠ることができなかった。

でも、今になってふと考える。あの頃、妹の私を物語の旅に連れていって、眠りの向こうへと送り出してから、兄は暗い寝室にひとり残されて、どうやって眠りについていたのだろう。あの終わりのない静けさのなかで。

「もう寝なさい」と言ってくれる母はいなかった。その一言で兄の夜を終わらせてくれる母はあのとき、いなかった。めくる物語さえ失ってしまった兄は、どうやってひとりの夜をやり過ごしていたのだろう。

施設での暮らしに慣れてからも、私たちはしばしば図書館を訪れた。思春期に入るとさすがに連れ立って来ることはなくなったけれど、それぞれが一人でここに立ち寄っていることは知っていた。ばったり顔を合わせても、互いに声をかけることはなかった。

入口を入った脇に公衆電話がある。携帯電話が普及した現代に、昭和の忘れ物が、自分が異物であることにも気づかずにちょこんと佇《たたず》んでいる。

兄が、あの電話の前で立ち尽くしているのを見たことがある。

受話器に手をかけていた。後ろ姿しか見ていない。電話を前にした兄の背中は、無言のなかにいた。誰にも呼びかけていないし、誰からも呼びかけられていない。音のない場所で、さらに黙ることを自分に強いているような背中だった。

兄は誰に電話をかけようとしていたのだろう。松野はるとと出会ってから、兄のことをよく思い出すようになっている。今の兄ではない。あの頃の、優しかった兄のことを。

テーブルから伝わった小刻みな振動が、深春を我に返らせた。

スマホが着信している。五十嵐からだ。眉をひそめた。

5

「ほんと、しょうがないよな、あのおじいちゃん。上村さん、現場に行ける？　僕もちょっと書類を片付けたらすぐに行くから」

お前はすぐに行かないのかよ。小さな虫を押し潰すように、スマホのボタンをぐいと押し込んだ。電話の向こうの五十嵐の声に緊張感がなかったのが余計に腹立たしい。

松野はるとが役所を訪ねてきた。

ひとりで自転車を走らせ、市役所の案内係のところに来たという。

「お姉さんはいますか？　上村さんというお姉さん。どこの階にいるかはわからないんですけれど、この紙をもらいました」

はるとが差し出した名刺には生活福祉課と書いてあって、事情を察した案内係はすぐにつないだらしい。表情こそ不安げだったが、泣くこともなく、大人相手に用件をちゃんと喋れて、ずいぶんしっかりした子どもだと案内係は感心したようだが、つないだ生活福祉課で、そのとき手が空いていたのが五十嵐だけだったというのが不幸だった。

「おじいちゃんが近所のひとと喧嘩になっちゃったって。喧嘩になっているって言ってもまさか殴り合ってるわけじゃないだろうし、僕らが介入するのもねぇ。どう対応すればいいのかなって。準備ができたら行くから、そこで待っててねって言ったんだけど、はるとくん、僕は先に帰って、向こうで待ってますって。しっかりしてるよねぇ」

役所にまで来て助けを求めたはるとを、ひとりで帰らせたのか。深春は飲みかけのココアを手にとり、入口近くのダストボックスに流すと、空になった紙カップを右手でくしゃりと潰した。怒気を含んだため息を吐いた。カバンからアポロの箱をとりだし、一粒だけ口に入れて、勢いよくカフェを出た。

その後の追加調査で、松野忠之の家族についていくつかわかったことがあった。

まず、忠之と孫のはるとのあいだに血のつながりはなかった。母親の松野紗穂は忠之と養子縁組されていた。深春に驚きはなかった。むしろ、そうだと確信していた。忠之に紗穂のような年齢の娘がいるわけがない。結婚もしていなかったはずだ。

はるとが通う学校の佐々木教頭が、含みを持たせて言っていたことの意味もわかった。はるとの母親、松野紗穂は現在、北関東にある女子刑務所にいる。6年半前、組織的な恐喝、詐欺の共謀犯として逮捕され、実刑判決を受けていた。

5年弱の懲役に服している。おおまかな経緯も把握できた。まず、紗穂が勤めていたキャバクラ店が風営法違反で摘発され、男性店長が逮捕された。やがて、その店長は、仲間たちと詐欺グループを組織していたとして再逮捕される。おそらく警察の狙いは最初からそちらの摘発にあったのだろう。その男が主犯格として周囲を巻き込んだようで、店のホステスも数名が逮捕されている。紗穂はそのうちのひとりだった。

忠之は店の客だったらしい。紗穂と養子縁組を結んだのは彼女が逮捕される3ヶ月ほど前で、はるとが3歳の頃だった。住民票の移動はそのさらに数ヶ月前に行われていて、どうやら同居はその時期からしていた可能性がある。

「入れあげた女の子を無責任に身請けして、あげくに自分はボケてさ。あのひと、哀れだな。子どもがかわいそうだよ」

あの家族の成り立ちを知ったとき、ついこないだまで我が子を愛おしむような目で調査票を眺めていた五十嵐はそう言い捨てた。忠之が紗穂の客だったというところから、二人の関係について邪推を始めたのだろう。初めて訪問したときは「泣けてきちゃった」などと言っていたのに、変わり身が早い。

たしかに、その邪推は大方は正しいのかもしれない。自分だって肌を露出したドレスに身を包む若い女のとなりで、あの男が鼻の下を伸ばして、小さく座っている姿を想像するだけで首のあたりがゾワッとする。くたびれた老いぼれが、夜の店でのめりこんだ若い女にていよく使われたと捉えるなら、それはたしかに滑稽な話だ。

だが、私たちが知ったのは彼らの人生の点だけだ。

表面上の点だけを見て、それを安易に直線で結ぶ。星座のように浮かび上がった他人の人生のかたちを、あれは幸せなかたちだ、いや、不幸せなかたちだと、思い込みと決めつけで見立てる。そういうことに私も苦しめられてきた。

点で結ばれたかたちだけで見立てるのなら、母も肯定されない。

私たちを捨てて、家を出た。最悪のかたちだ。

そのかたちだけを見るならば、母はきっと悪だ。

母が失踪したとき、そしてあの部屋から追い出されたとき、周囲が自分たち兄妹を悪く言うことはほとんどなかった。親が悪いのだ。あんな男の愛人となって、囲われて、部屋まで与えられて楽な暮らしをして。男の身が危うくなったら、自分だけ姿を消して、子どもたちを置いていった。

君たちはかわいそうだ。かわいそうな子どもなんだ。そう、言われ続けてきた。私たちが「かわいそうだ」と言われた回数の分だけ、母は否定された。「かわいそうだ」に頷くたびに、私たちも「かわいそうだ」に飲み込まれていく。母のことが大好きだったのに、母を慕う気持ちを投げ捨ててしまいそうになる。やはり母が愚かだったのだと、言ってしまいそうになる。

あの部屋で母を待ち続けていた私たちにとって、寂しさでふらつく心がもたれかかるのも、また母だった。あの母なら、帰ってきてくれるはずだ。そう思うことでしか、あの時間をやり過ごせなかった。母を否定してしまったら、もう身を預けるものがなかった。だから、ただひとり、「かわいそうだ」という言葉を使わなかった、あの男を信じてしまったのかもしれない。あの男はいつも、君たちは幸せ者だと言っていた。あんなにも素敵なお母さんのもとに生まれてと、そう繰り返していた。

現場に着くと、団地の裏手にある駐輪場で、何人かが輪になって話している。はるとが役所に助けを求めに来てから、もうどれほどの時間が経っただろう。まだ揉めているということは、相手はよほど厄介な人物か。

輪の中心から火の粉が弾けるように女の声が聴こえてくる。忠之を罵倒していたのは、痩せ型の上半身にピンクのウインドパーカーを被り、下は鮮やかな極彩色のスパッツを穿《は》いた中年の女性だった。セカンドバッグを小脇に抱え、もう片方の手で指鉄砲をつくり、忠之に向けている。

「だからさぁ、その自転車は私のなの。あなたのじゃないのよ。ほら、ここ！　このハンドルのところ見て！　いいから、見て！　もう何度、言わせんのよ」

忠之は口を半開きにしながら、女性の方に顔を向けてはいるものの、目の焦点が定まり切っていない。おろおろとして、そもそも今、何が起きているのか理解できていないようだった。すぐ傍で、はるとが小さな体を前屈みにして頭を下げている。忠之の腰をつかみ、自転車から離れさせようとしている。

「おじいちゃん、手を離して。まずは、いったん僕の言うことを聞いて。この自転車はおじいちゃんのじゃなくて、このひとのなの」

「ああ……でも、こっち。え……いや……そうじゃないのか。すみません……」

忠之は一度は手を離し、女性に頭を下げるが、数秒経つと、また同じように自転車を跨《また》ごうとしてしまう。「だからぁ」と女性が声を出し、はるとも慌てて止めようとする。居合わせた周囲のひとたちからも、呆れが混ざった笑い声が漏れる。

役所の人間としてできることは何もない。だが、罵倒を引き受けることはこの仕事をしていればたまにあることだから、怒りにふるえているひとの勘所はわかる。

「すみませーん。ちょっとよろしいでしょうか。市の生活福祉課のものです。こちらの松野さん、少しご病気を患ってらして、私のほうでお引き受けしますので、一度、お任せいただけますか」

「なに？　あんた役所のひと？　ちょっとさぁ、聞いてよ。私、今年、ここの住民会の当番委員なんだけどさ。このひと、ゴミは間違った曜日に出すわ、ここらへん、うろちょろするわでさ、今日こそは私、ガツンと言ってやろうと思って、つかまえて説教してたわけ。そしたら、口ではへーこら謝るのにさ、あろうことか私が乗ってきた自転車に乗ってどっか行こうとすんのよ。もう、信じられる？　ひとをバカにしてんの？　ねえ、ちょっとあんた役所のひとなら、どうにかしてよ」

「あー、それは大変でしたね。はい、ですので私がお引き受けしますので。松野さん、いったん手を離してください。落ち着いて、あちらで話しましょう。ええ、大丈夫です。松野さんの自転車は別のところにあります。色とかが同じで似てるんですかね、これ」

忠之の背中に手を添える。ワイシャツは皺でよれているが、ちゃんとボタンを首のところまで留めていて、ベルトもきちっとはめている。猫背になった背骨のあたりに手が触れるとシャツの上からもその弱々しさが伝わる。深春の反対側にまわったはるとが祖父の手をしっかりつかんでいる。女性から距離をとれたら、あとは、はるとに任せればいい。

少し離れた場所に二人を座らせると、深春はもう一度、自転車のところに戻った。

女性は腕組みをして睨んで待っている。怒りが吐き出し足りないんだろう。だいたい自分が来るまでだって、ねちねちと老人相手に言葉をぶつけていたのだ。相手が呆けていると気づいたはずなのに、なお罵倒の切っ先を緩めなかったのだから、怒りを放出することが彼女の目的だ。

「そもそもさ、さっきの男の子にも言ったんだけど、認知症だかなんだか知らないけど、そういうひとがひとりで出歩けちゃうって、どうなのよ。ちゃんと誰かが見てないとダメでしょ。なんか、条例とか、法律とか、役所でどうにかなんないもんなの？　まぁ、あんたなんかに言っても仕方ないんだろうけど。もっと偉いひとに言わなきゃ」

偉いひとに言ってもダメだし、役所に言ってもダメだし、そもそも口にするのもダメな類いの要求だけれど、まずは否定も肯定もせず、話は聞いているということをわかってもらうために相槌を打つ。ここでも相槌が自分を救ってくれる。こちらが相槌に疲れるか、相手が喋り続けるのに疲れるか、そのどちらかだ。

不毛な勝負が始まって間もなく、やっと五十嵐がやってきた。こういうときに男が出てくると、若い女より「ちゃんとした責任ある人間」がきたと考えて、周囲が納得することがある。この女性みたいなタイプはとくにそうかもしれない。ほとほと嫌になる。

「松野さんね、あなた、ちゃんとご自分の状況がわかっていますか？」

自分が場をおさめたことで気が大きくなったのか、五十嵐は高い身長で忠之を見下ろすようにして話を始めた。意地の悪い淑女の罵倒をやっと抜け出したのに、忠之はまた叱られている。忠之の短期記憶はもうだいぶ崩れてきているようだ。先日、部屋を訪れて面談したことも、もちろん覚えていない。はるとが忠之の腰に手をあてて、ゆっくりと言葉をつなぎながら、五十嵐と深春のことを説明している。

「小学生の孫に迷惑かけるなよ、ほんとに……」

五十嵐が小さな塵《ちり》でも払うかのように地面に小声を落とした。やはりこの男は生活福祉課には向いていない。地域振興課に戻った方がいい。腹のあたりに込み上げてくるものに耐えながら、深春はそう思った。

五十嵐の言葉が聞こえたはずだが、はるとはこちらを見ることもなかった。うなだれて背中を丸めている祖父を、それほど長くはない腕を目いっぱい伸ばして、抱え込むようにして、懸命に励ましていた。

「おじいちゃんには僕がいるから。大丈夫だよ。もうすぐ、ママも帰ってくるんでしょ。ママが帰ってくれば、きっといろいろ困らなくてすむから」

はるとは五十嵐にも頭を下げ、「これからも何かあったら助けてください」と言った。

自尊心が満たされて満足げな五十嵐の顔を見て、よほどこの小学生の方がうわてだなと深春は思ったが、その逞《たくま》しさがなくては生きてはいけない孤独を思うと、胸が苦しくなった。やはりこの子は、あの頃の兄に似ている。

兄もあのとき、けなげだった。大人たちがすぐに「かわいそうだ」という言葉で解決しようとすることを笑って覆《くつがえ》した。大丈夫なんだと、何度も、何度も、私に言ってくれた。

「お母さんは帰ってくるから」

あの頃の兄はまだ未来に期待していたのかもしれない。

母が来るまで、ちゃんと待ち切れる。母が来るまで、自分が妹と家を守り切れる。兄はきっとそう信じていたし、信じていないと耐えられなかったんじゃないか。

今、目の前にいるこの少年も、まだ未来に期待している。未来を信じている。

「おじいちゃん、ママは帰ってくるよ」

スマホが振動した。場を離れ、画面に表示された名前を見ると深春は息をとめ、一度まぶたを閉じた。電話に出る。低い声が地面から迫《せ》り上がるように、こちらに届けられた。

「おい、深春。お前、あのじじいのところに行って、なにしてんだ」

兄の駿介からだった。

第二章

1

25年前　平成　津山《つやま》駿介

さっきまでの泣き声が嘘のように、凪のように穏やかになった妹の寝顔を見ながら、少年は小さくため息をついた。今日は布団まで連れてきても、少しぐずった。

妹は最近、小さなことで癇癪《かんしゃく》を起こすようになった。お母さんがいなくなったことで、クラスで友達から変なことを言われていないだろうか。まだ小学校2年生だ。いじめられてなければいいけれど。

窓を開けて、網戸にしている。風が入れば、冷房をつけなくてもいい。だいぶ涼しくなってきた。もうすぐ秋だ。虫の声がさざめいている。

夜の虫の声は、昼とは違う。やがてきっと陽は昇るはずで、ちゃんと明日になるはずだけれど、妹のとなりで布団にくるまって天井を見つめていると、その虫の声が浜辺の波の音みたいに延々と繰り返されるように思えて、ぜんぶをあきらめたくなる。

学校はやめなくてすんだ。それはよかったけれど、母親がいなくなったのに兄妹二人で私立に通い続けるなんて無理がある。近所に友達もいない。外に出たがらないで、妹が自分のあとにくっついてくるのも、たぶんそのせいだ。近くの公園には知らない子ばかり。この団地で一緒に遊ぶ子はいない。学校に行っても、みんなにはお父さん、お母さんがいる。

父親というものはどういうものなんだろう。

妹が生まれたばかりのときにいなくなったから、よくわからない。この部屋に住まわせてくれた男のひとも、ほとんど会ったことがないから、新しいお父さんっていう感じじゃない。もしかしたらチューーさんがお父さんみたいな存在なのかもしれないけれど、たぶん違うんだと思う。威厳がないし。もし、父親というひとがいたら、少しは楽なのか。

でも正直、あんまりもう考えたくもない。お父さんも、お母さんも、どちらもいなくなった。自分たちはそういう子どもなんだと思ったら、いい気分になれるわけがないから。

寝息をたてている妹のおでこを少し撫でる。

さっき泣いたからか、まぶたの下が少し赤くなっている。

枕の向こうに本が散らばっている。たくさん読んできた。本があってよかったなと思う。妹を寝かしつけられるし、おはなしを読んでいるときは少しだけ、いろんなことを忘れられる。いっそ、お母さんを待っているということも忘れられたらいいのに。でも、それは無理だ。お母さんは帰ってくるって思わないと、ぜんぶがつらい。妹にだって、お母さんは帰ってくるって、ずっと言ってあげたい。

そうしないと、こんな静かな夜を過ごすのは、無理だから。

そろそろ部屋の電気を消さないといけない。

電気を消して、部屋を真っ暗にして、今日が終わってほしいと願いながら、ぎゅっと目をつむる。「もう寝なさい」って言ってくれたお母さんの声を思い出す。お母さんがいたときは、あの「もう寝なさい」の一言で、今日がおしまいになった。

でも、今は、ずっとずっと夜が続くような気がする。

妹も寝てしまって、自分ひとりで今日を終わらせなきゃいけない。

勉強机の裏にメモが貼ってあった。

お母さん、なんで、あんなものを残したんだろう。

嘘になっちゃうじゃないか。「必ず、帰ってくるね」って書いてあったけれど、それは嘘になっちゃいけない言葉だから。書いてほしいけど、書いてほしくなかった。

メモを握っている。いつも妹が寝たあとに、小さな鈴虫を両手で包むみたいにして、指のすきまから、拝むみたいに見ている。お母さんの字を。「帰ってくるね」っていう字を。

おやすみを言う相手がいない。もう一度、妹のおでこを撫でる。

寝よう。もう、寝よう。

少年は眠れなかった。

2　令和　上村駿介

生まれ変わる、あなたの大切なお住まい。

ずっと愛したこの家を、もっと住みたい家にする。

お客様が目指す理想の住空間を、内装のプロである弊社が総合プロデュースします。

お見積り、ご相談は無料。ぜひ、お気軽にお問い合わせください。


ホームページをつくるのは、ずいぶんと金がかかるものだと聞いていたが、やはりこういうことは若い奴に聞くのが一番いい。最近、採用したばかりの専門学校出の新入社員が「俺、ワードプレスとかある程度、わかりますよ。学校で習ったんで」と言うので、任せてみたら、それなりに見られるものをこしらえてきた。

サーバーがどうとか、ＨＴＭＬの知識がある奴がいるともっと楽とか、そもそもワードプレスが何かさえ、よくわかっていなかった駿介には面倒な用語が、その新入社員から次々と飛び出るので、いくらかの予算と、保護者として管理ができる先輩社員をひとりつけて、あとは「いい感じにやっとけ」で任せることにした。

リフォーム需要がこうも伸びるとは思っていなかった。

小規模店舗やテナントの内装下請けとしてスタートした会社だが、創業10年を超えるあたりで受注域が広がり、会社としての体力がついてきたところだった。個人住宅のリノベーションの相談を受けることが増えてきて、商機だと踏んだ。少し強引だったかもしれないが、若手の建築士を2名、他社から引っ張ってきて、住宅リノベーションの受注を一気に増やすことにした。始めてみれば客が次の客を紹介してくれるような幸運が相次いで、あれよあれよと件数が増えていき、会社の中心事業になる勢いだ。

これまでは法人相手だったから、ホームページも質素なものだったが、一般客の目に触れることも考えれば、それなりに洒落たものでないといけない。営業用のパンフレットもデザイン会社に発注して新調した。印刷代はかさむが、営業のスタッフに聞くと意外と効果があるという。

「大切なお住まいを総合プロデュースってか。ずいぶん、かっこいいご身分だな」

「茶化すな。宣伝文句なんだから、そりゃ、それなりにイキるだろ」

「いいんだよ。たっぷりイキってもらって。その分、俺に仕事を回してくれれば」

「いや、うち、まじ反社、だめなんで」

「もう反社じゃないわ！　5年のみそぎ済んだわ！」

新版の営業用パンフレットを片手に長い足を投げ出し、荻野《おぎの》新八《しんぱち》は応接用のソファで踏ん反りかえっていた。姿勢を窘《たしな》める気にもならない。

だいたい、そのけばけばしい紫色の蛍光パーカーは、どこに行ったら売っているんだ。

長身で骨格はしっかりしているが、痩せているので節々が浮き出ていて、どうにも健康そうに見えない。目玉がぐっと前に出ていて、目つきも尋常じゃないうえに脱色した金髪が絶望的に似合っていない。口もとには禁煙パイポ。今さら健康に気をつかってどうする。

こちらの視線に気がついたのか、新八はにかりと歯を見せた。

「真面目な話、もう10年経ったぜ。組の解散日、覚えてるからな」

「うそつけよ。昨日、ムショから出てきましたって顔してるぞ」

「ムショで金髪にできねーよ、ばか」

「じゃあ、今から入るのか」

「そうそう、住居不法侵入で捕まりまして……っておい」

「ははは」

新八とは内装見習いで現場仕事に出始めた17歳の頃に知り合った。

当時、新八は中学を卒業したばかりの15歳で、まだ髪は染めておらず、黒髪の短髪だった。遊び盛り、やんちゃ盛りで、仕事には気が入らず、親方や先輩連中にこっぴどく叱られるのだが、あろうことか反抗して、すぐに大人たちに殴りかかってしまうので、方々の現場から弾き出され、半年ほどで仕事はやめてしまった。

仕事場で顔を合わせなくなっても駿介は新八とつるんだ。

その関係は新八が道を間違え、地元の組織の人間と盃を交わしてからも、あるいは傷害と恐喝で逮捕され、塀のなかに数年入ってからも、変わらずに続いた。

高校も中退し、同世代の友人がほぼ皆無だった駿介にとって、新八はやっと見つけられた悪友だった。これまで、たくさんの大人たちに裏切られてきたから、自分はせめて親友くらいは裏切らない。帰る場所だったはずの組が服役中に解散し、運良く足を洗うことができた新八に仕事を振って、社会復帰を助けたのも駿介だった。

新八も出所後は奮起して、内装仕上げ施工技能士の資格を1級までとり、10代のときに断念した職人の道を歩み直した。今では駿介の会社だけでなく、地元の複数の工務店から声がかかる人気の職人になっている。

「ほい、これがお目当てのサンパレス桜ヶ丘、6号棟、501号室の写真。ひさしぶりの〝おしごと〟って感じだったな。昔を思い出したよ」

営業用パンフレットの下に忍ばせるようにして、ライトブルーのクリアファイルを新八は駿介の前に投げた。クリアファイルのなかにはA4のコピー用紙が数枚入っていて、いくつかのカラー写真が粗い画素数で印刷されている。

「変なこと、させちゃったな」

「いや、真面目な顔で言うなよ。冗談で返してくれよ。本当にまた〝やっちゃった〟みたいじゃないか。ただ家に入って、写真撮っただけだよ」

「おお、十分、変態じゃないか」

「そうだな。ぴっちぴちの60代後半男性、極上の生写真が撮れたよ……っておい」

「ぴっちぴちじゃないだろ、よっぽよぼだろ」

「ああ、よっぽよぼだ。あのじいさん、もう俺のこと、忘れてると思う。ありゃ、けっこうボケてるんじゃないか。こっちが心配になったよ」

クリアファイルに一瞬目をやったが駿介は表情を変えず、それをそのまま、すぐ後ろにある自分のデスク上に置いた。あらためて新八に向き直る。新八はギョロ目をさらに大きく開いて、首を傾げている。アメリカのアニメキャラクターにこんな奴がいなかったか。ディズニーかなにかの。

「キャバクラ1回おごりでいいか？　大好きなカエデちゃんの指名料も持ってやるから」

「いや、それは嬉しいんだけどさ。なんだよ、聞かねーの？」

「なにを？」

「部屋のなかの雰囲気とかさ。松野……さんだっけ？　あのじいさんの様子とか」

新八からは「デジタルデータでやりとりすると足がつきやすい。原始的だが家のプリンターで印刷して渡すのが、今のところ一番安全」と言われていた。さきほどもらったA4用紙も、確認したらシュレッダーにかけるか、灰皿で燃やすつもりだ。写真は粗いが中の様子がひとめ見られればそれで十分だ。

「もう写真もらったからな。十分だよ。それとも元プロの潜入技術の巧みさをご本人みずからご解説いただける？」

「おお。そうだな。講義料高いぞ、キャバクラ2回分……いやいや、そうじゃなくて」

「ははは、キャバクラ連れていけば、お前、なんでもしそうだな」

「ちがうわ、アホ。まぁ、でもたいしたもんじゃねーよ。作業着のまま、消防の点検ですみたいなこと言ってさ。典型的なやつだけど。それであのじいさん、すんなり入れてくれたよ。警戒心がまったくない。気のいい年寄りだな」

一瞬だけ目に入った写真のなかに、白いワイシャツにグレーのカーディガンを羽織った痩せた男の姿があった。肌に撒かれた皺の多さで、一見して老いたことはわかったが、顔の輪郭や目鼻立ちなどはあまり変わっていないのではないか。

〝気のいい年寄り〟か。確かに昔の〝あの男〟が老いてたどり着くのなら、そんな姿だろう。自分たちから家を奪う前の〝あの男〟なら、ではあるが。

「二十何年も会ってないんだろ。ガキの頃に何があったかは知らないけどさ。今さら調べて、お前、どうすんだよ。何すんの？　あのじいさん、さらうの？」

「さらわねーよ。お前、更生したんじゃねーのか。危なっかしいこと言うな」

「冗談だよ」

「冗談でも言うな。真面目に働け」

「はいはい。偵察頼むって言った奴が、よく言うよ」

「調査だよ、調査。サンパレス桜ヶ丘はリノベーションするにはいい物件だ。昭和のドンケツから平成の頭あたりのマンションはコンクリートもしっかりしてるし、スケルトンにして、仕立て直せばいろいろ遊べる。価格も底値だ。駅前にわんさかタワマンができて、あんな場所の古マンションなんて、そのままじゃ誰も買わねーから、安く仕入れられる」

聞いているのか、いないのか。新八は目をぱちくりさせながら「へぇー」と言うと、またソファに背中を預け、パーカーのポケットから禁煙パイポの箱を取り出した。レモンライム味と書いてある。新しい1本を指に挟む。パイポを口に咥《くわ》え、数秒経ったところで何かに気がついたのか、身を起こして、目を見開いた。

「え?……ってことは買うの? 物件ごと仕入れるってこと? まじで? 駿介、お前、すげーな。大丈夫なのかよ」

「だから底値だって言っただろ。日当たりがマシなところを何部屋か、まとめて買って、リノベーションして、その物件を売る。銀行にも融資を引っ張る話をしてる。うちのリノベーション事業は利益安定、順調推移なんでね。この街も今や『関東近郊・住みたい街ランキング3位』だぜ。タワマン買えない連中も、リノベーション物件ならこっちに流れて来る。客はいる。だから、おカタい銀行連中も今回は乗り気なんだよ」

「はー、社長さん、儲かりまんなー。すごいこった。おい、俺に仕事くれよ」

「おお、そんときはたくさん、仕事してもらいますよ」

たしかにサンパレス桜ヶ丘の空き部屋をまとめて買い取り、リノベーション物件として売り出す計画は前から検討していた。不動産会社を通しての調査や内見はすでにしていて、そのうえで「都合のいい物件」しか見せない先方への不満や、別タイプの部屋も見ておきたいという欲があったことは事実だ。だが、それらは方便で、本心は別にあった。

あの部屋の今を、そして、あの男の今を、見てみたい。

自分たちが住んでいた部屋を奪った、あの男の今を。

6号棟で、近々競売になると噂されている物件がある。

不動産会社の人間が現場でこぼしたそんな話を、駿介は聞き逃さなかった。そこの住人は小さな会社を経営していて、長期的な負債を抱えている。しかし、どうやらその住人は認知症で、長年にわたり、事故なく進んでいた返済がここにきて、まごついている。債権者がそろそろ手を打たないといけないと言っているらしい。

こういうときに働く、妙な勘があった。不思議なものだ。

「6号棟」という単語が耳に入ったとき、ずっと消しっぱなしだった裸電球が久方ぶりに点灯するように、心のなかで明滅する思い出があった。それは決して心地よい感覚ではなかった。胸がざわっとざわめいて、そのせいで余計に自分の神経が鋭敏になっていく。

きっとこの話は、自分にも関わりがあることなのではないか。

社員をつかって少し調べさせた。件《くだん》の住人が、あの松野忠之であり、競売の対象になりうる部屋が自分たちが暮らしたあの部屋であるという事実には、それほど時間を要さずにたどり着けた。しかし、その事実よりも駿介を驚かせたことがあった。

あの男には孫がいるという。その孫と、男は二人で暮らしている。

どうも解せない。男に妻はいなかったはずだし、当然、子どももいなかったはずだ。それが、10歳になる小学4年生の孫がいるという。男の子。どういうことだ。

「そういやさ、深春ちゃん、来てたぞ」

「深春？　どこに？」

「どこって、だからサンパレス桜ヶ丘に。たぶんあの部屋だよ」

　鎖骨の下あたりを胸の底からどくんどくんと脈が突き上げる感覚がある。この金髪男はときおり、心臓に優しくないことを口走る。表情を変えてはならないと思うほど、目つきが鋭くなってしまう。

「深春がなんで、あの部屋に行くんだよ」

「そんな怖い顔すんなよ。いや、すれ違ったんだよ」

「どこで」

「だから、怖いって。エレベーターだよ。あそこ、エレベーターが4階と7階しか止まらないだろ？　俺はじいさんの部屋から出てきたばっかりでさ。エレベーターで降りようとしたら、向こうは上がってきたところで。びっくりしたよ」

「話したのか」

「いや、それが向こうはこっちに気づかなかったんだよ。作業帽かぶって、マスクもしてたからな。ひやひやしたよ。言い訳考える暇もなかったし」

「深春はひとりか？」

「なんだよ、取り調べかよ。二人だよ。顔立ちのいい兄ちゃんだったけど、彼氏とかではないな。仕事中って感じで、同僚とかじゃねーかな、市役所の」

　駿介は黙り込んだ。昂《たかぶ》った脈が落ち着くのをただ待っていただけだが、新八からすればこの状況で無言になれば、不気味に見えるだろう。喧嘩っ早く、拳をぶつけるのは得意だが、新八は口喧嘩がめっぽう苦手だ。駿介が理詰めで迫ると、これでよくヤクザがやれていたなと思うほど狼狽《うろた》えるときがある。くりっとしたギョロ目の視線がさまようと余計にびくついているように見える。

「なんで、あの部屋に行ったってわかったんだ？」

「もう……こえーなー。隣の兄ちゃんが書類を手にもって５０１、５０１……ってブツブツ言ってたんだよ。きょろきょろしながら。たぶん階段を探してたんだろ。深春ちゃんも役所の仕事で行ったんじゃないか」

「ふん、深春はあのマンションをよく知ってるだろ……案内してやればいいものを」

「そうだよな、深春ちゃんだって……住んでたんだもんな」

「ああ、そうだ。住んでいた……」

駿介は思い立ったように背中側のデスクに置いたクリアファイルを手に取った。中からＡ４用紙を取り出し、そこに写っている画像をあらためる。視線を下から上へと動かし、画像の隅々まで漏らさぬように目を送る。

脳裏で、記憶の崖から投げ棄てたはずの映像がたちまち再生を始める。

光も、匂いも、音も、温度も。ミシン。ピアノ。カーテン。カーペット。テーブルクロス。子ども机。本棚にならぶ絵本。そこに入ってくる風。少女だった深春の顔。

暗い夜の静けさのなかで、延々と聴いた虫の声さえ。

また脈が速まる。少し呼吸が荒くなる。貧血のような感覚を覚え、意識がにわかに遠のく。指先の血管がしゅわしゅわとひりつく。不整脈でも起こしたか。

駿介は異様さに気がついた。慌てて、もう一枚、もう一枚……と、A４用紙をめくり、新八が撮ってきた画像を見ていく。すべてを見終えて、駿介はA４用紙の束をローテーブルに放り投げた。それぞれの紙が枯れ葉が広がるようにローテーブルに散らばる。

「これは本当にお前が行ったときに撮った写真なのか」

「おいおい、そんなことまで疑うのかよ。駿介、いくらなんでも、それはないだろ。正真正銘、俺が現地に行って、ちゃんと撮った写真だよ」

「新八、お前が行ったのはいつだ？」

「先週の水曜日だ」

駿介は両方の手のひらで顔を覆うと、自分の掌底《しょうてい》に大きなため息を吹きかけた。手でつくった暗闇のなかで、まだあの部屋の残像が浮かび上がっている。

「これ、25年前の写真じゃないよな……」

「はぁ？　何を言ってるんだ。そんなわけないだろ。駿介、ほら、見てみろ。これがじいさんだ。もう70近いんじゃないか」

ひとりだけ時を進めて、老いを受け入れている男の姿が、そこにあった。カメラを見つめているはずの眼差しがこちらに話しかけてきそうで、駿介は思わず息を止めた。

「チューさん……」

3　上村深春

深春は自動ドアを抜けた店のロビーで、そこに置かれた巨大な木皿を眺めていた。直径にして1メートルほどあるだろうか。円盤状の表面に鳳凰《ほうおう》と竜神が精巧に彫られている。薄明かりの照明が天井から光を落として陰影をつけている。よく見ると木目がなだらかな波状を描いていて、彫り削られた曲線がなまめかしく感じられる。

子どもの頃、大きな置物にはしゃぐと「触っちゃダメよ」と母に叱られた。木皿の前には白いプレートが置かれていて「お手を触れないでください」と注意書きがされている。そうか、ちゃんと断りが書いてあったんだ。二十数年前、少女の頃には気づけなかったことがたくさんある。手のひらのマークが赤い丸で囲われ、斜め線が引かれたイラストを深春はじっと見つめた。

「お待たせしました。上村様。お連れの方が、もう、いらっしゃっています。お部屋にご案内いたします」

中華料理店の宝泉飯店は昭和34年の創業で、市内の飲食店のなかでも老舗として知られる。もともとは駅から離れた住宅地で店を開いたらしいが、平成元年に駅から徒歩4分の現在の場所に新店舗を構え、移転した。チェーン店のファミレスよりは値段が張るが、そこは田舎街の身の丈に合わせた敷居の高さで、庶民が少し奮発をすれば、年に数回なら行けなくはない。身内で祝い事があると訪れる店として、地元では長く愛されている。深春がここに初めて来たのも、小学校の入学祝いのときだった。

店は兄が予約した。駿介はいつもこの店を選ぶ。

母に連れられて三人でよく来た。小振りの円卓テーブルいっぱいに並べられたご馳走から湯気がたちのぼり、その向こうには決まって母の笑顔があった。過去は忘れてしまいたいと口癖のように言うのに、母との思い出をたどるような店を兄はいつも選ぶ。

何もかもが美味しい。深春が初めてエビマヨの存在を知ったのもこの店だし、ここの蟹炒飯は、どこの高級店よりも美味しいと今でも自信を持って言える。子どもの頃は兄妹二人で競い合うようにして箸を伸ばした。母が笑って「ゆっくり食べなさい！」と言うと湯気が波打って、食欲をそそる良い香りが顔にかかった。湯気の熱気を浴びることさえ嬉しかった。五感のどこから記憶をたどっても幸せな光景が立ち上がる。遠い昔の話だ。

店員のあとをついていき、階段を上る。2階に個室がある。引き戸が開かれ、はたしてその向こうに兄がいた。テーブルの上で両手を組み、組んだ手に顎をのせていた。

「少し早く着いたんだよ。適当にいくつか頼んどいたぞ。蟹炒飯も」

「ああ、うん、ありがと」

軽い挨拶さえしない。そのまま席につき、そのまま会話が始まる。

駿介はメニューをめくりながら、こちらを一瞥《いちべつ》することもなく「ビールでいいか？」と呟いた。深春はスマホを取り出して、仕事のメールを確認しながら「いや、私、ウーロン茶」と返した。「俺は飲むぞ」と独り言のように言った兄に「うん、お兄ちゃんは飲んで」と小さな声でつなぐ。深春は、あらたまって兄と視線を合わせるのが怖かった。

「最近、小麦粉が高くなってるとかで、ここの餃子、1個減ったらしいぞ。ちょっと前までは一皿6個だったのに。今は5個。世知辛いな」

「少ないくらいがちょうどいいよ。美味しいけど、油がもたれるし」

「まぁ、俺らもいい歳だからな」

「お兄ちゃん、もうすぐ37でしょ。びびるね」

「実感がねーよ。あっというまだな」

「そうだね」

「本当に……あっというまだな」

最後の一言で、唐突に兄の声が低くなり、沈黙がテーブルの上を滑るように広がって、時間の流れが重苦しくなった。軽やかなリズムで会話が転がり始めて、もしかしたら今晩は自然なやりとりを兄と交わせるかもしれないと、一瞬でも期待した自分がバカらしかった。兄は微笑んでいる。なぜ、ここで微笑むことができるのか、理解できない。

「お前、チューさんのところに行ったらしいな」

「青梗菜《チンゲンサイ》の塩炒めも頼もうかな」

「今さら、何の用事があるんだ？」

「店員さん、呼んでいい？　小籠包頼んだ？」

「あのじいさんに会いに行って、お前、何をしている？」

「ねぇ、小籠包頼んだ？」

「深春」

互いの声が相手に刺さることなく、空を切っていく。しかし、駿介が妹の名を呟いたとき、声の応酬は止まり、兄妹二人は顔をあげ、今日初めてしっかりと目を合わせた。

「私は仕事で行っているだけ」

「仕事？　役所がどうしてあんなじいさんに？」

「あのひと、もう覚えてないの。認知症で。私のこともわかってない。それで……」

「子どもの世話ができないと？」

「……もう……いろいろ知っているなら、変な勘ぐりやめてよ」

養護施設には深春が中学生になるまでいた。

施設はこの地元から、電車で駅を三つ挟んだ街にあった。

駿介は近隣の公立高校に進学したが、深春の中学入学と同時に退学し、仕事に就いた。そのまま施設に居続けても良かったはずだが、兄は相談もなく出所を決め、母方の親類たちのもとを一軒一軒たずね、生活を支援してほしいと頭を下げてまわった。施設の生活に馴染めず、思春期に入って塞ぎこんでいた妹の自分を慮《おもんぱか》っての行動だったというのは、深春はだいぶ後になって知った。

離婚を経て、いわくつきの社長の愛人となり、あげく失踪した母。

その子どもである兄妹に、親類たちは冷ややかだった。

兄が行くと半数は玄関先にさえ出てくれず、運良く相手の顔を見られても「かわいそうにね」という言葉だけであしらわれたという。家にあがらせてくれた親類は皆無だった。

だが、兄妹の叔母である母の妹が情けをかけてくれた。あとから電話をくれて、二人が暮らすアパートの保証人となり、家賃もいくらか持つと申し出てくれた。

「お姉さんには、お姉さんの事情があったはずだから……」

他の親類には内緒にしていると言った叔母は数年後、自分の夫を説得し、かたちだけとはいえ、兄妹二人を養子に迎えてくれた。叔母夫婦には子どもがいなかった。〝上村〟という新しい苗字を与えられて、立場を保証してくれる保護者が現れたことは二人の生活をたしかに変えた。

深春にはどこか兄に「甘えすぎた」という負い目があった。

養子になったとはいえ、すでに高校をやめ、内装業の現場に飛び込んでいた兄は、金銭面で叔母さんたちに頼りすぎてはいけないと必死になって働いていた。妹の大学は自分が行かせるからと、受験費用も学費も、すべて駿介が自分の稼ぎで工面してくれた。

大学に進学することができ、人並みの学生生活を送ることができて、職にも就くことができた。そうやって自分は今の日常に無事にたどり着かせてもらったけれど、そのあいだ兄は……駿介は、何を頼りに生きてきたのだろう。

私には兄がいたけれど、兄には誰がいたのか。

親類たちに頭を下げ、軽んじられた頃から……いや、あの松野忠之に裏切られたときから……いや、そうではない。母が私たちを見捨てたときからだ。

兄はしたたかに生きるしか、なかった。聡明で優しくて、口から漏れる息さえ清々しく感じられたあの頃の少年は変わった。生活をつなげようとする逞しさは、ときに兄の気持ちを荒《すさ》ませただろうし、善意だけに触れて生きられるほど、むきだしの社会が優しくないことも、兄は反吐《へど》がでるほど体感してきたはずだ。

自分は何の因果か福祉に関わる仕事に就いて、やっとそこで、世間の暗がりに存在するざらつきを目にして、それらに触れたけれども、兄は思春期の頃から、そのざらつきに体を擦らせて傷をつくりながら、妹との暮らしを前に進めようと足掻《あが》いていたのだと思う。

そのうえで兄の目つきは翳《かげ》りを濃くし、兄の笑顔は、じめっとした含みを持つようになった。私がそばにいたから、兄の顔つきはそうなるしかなかった。

深春はそう思うと、兄の顔を正面から見据えることができなかった。

「気になって、久しぶりに俺も行ってみたんだ、サンパレス桜ヶ丘6号棟に」

「そう」

いつのまにか運ばれていた蟹炒飯の大皿から、駿介がひとり分をよそう。

よそい終えると、それをこちらに差し出す。すべては自分ではなく、まず妹から。小さい頃から変わらない。口ぶりは投げやりで乱暴になったのに、自然に身についた習慣が兄のもとから消えていないことが、深春は切なかった。

「まぁ、食えよ」

「うん」

「チューさん、あの団地の前でふらふらしてた。驚いたよ。すっかり老けてた。背中も曲がっちゃってさ。こんにちは……だってさ。俺のこと、もう、わかってないんだな」

ひと通りの料理が揃って、テーブルの上を湯気が漂っている。その湯気ごしに兄の顔を覗き見る。顎の輪郭や少し薄い唇に、そこはかとなく母の面影を感じる。

「そこに帰ってきたんだ」

「え?」

「ランドセルを背負った子どもだよ。男の子だ。歳は……あの頃の俺と同じくらいか、少し下か。チューさんに向かって、ただいまって言いやがった」

「はるとくん……」

「はるとっていうのか。孫……なんだろ?」

「ねぇ、どこまで知ってるの。知っているなら、そんな探るような話し方、やめて」

「チューさん、若い女を養子にもらったらしいな。嫁にするでもなく、養子に。その女の連れ子が、あの子だ。めでたく孫ができた。よっぽど〝家族ごっこ〟をしたかったんだな。俺らが住んでいた、あの部屋で」

駿介がライトブルーのクリアファイルを取り出し、深春の前に差し出した。深春は受け取らず、ファイルを睨んだ。うっすらと中身が見えて、ファイルに挟まれた用紙に写真が印刷してあるのがわかる。あの部屋が写っていることはすぐに理解できた。駿介はファイルを深春に突きつけたまま、動かない。

「お前はこの部屋を見たのか」

「見たよ」

「そうか」

「どうやって、こんなもの撮ったの」

「深春。話がある」

「なに?」

「俺は、あの家を取り戻そうと思う」

鶏がらスープの上澄みに白葱の切れ端が浮かんでいて、小さな水泡のようになった油とともに、ゆらゆらと揺れている。兄妹のあいだに生まれた沈黙は、深春からすれば、まるで時が止まったかのように感じられたが、目の前の世界は停止することなく、呼吸し続けている。店内BGMで流しっ放しになっている二胡《にこ》のメロディが安っぽくて、うるさい。

「何を言ってるの?」

「あの家……もうすぐ競売になるって噂が出てる」

「競売?」

「チューさんの会社が債務を抱えてるんだ。借金だ。呆けた経営者を放っておく債権者はいない。そろそろ回収に本気になるらしい。放っておいても、チューさんはあそこに住めなくなる。深春……俺はな、競売にかかる前に出て行って、あの部屋を買い取ろうと思う。これからも住んで頂けますって、チューさんに伝えてな……そして、裏切る。手のひらを返すんだ。昔、チューさんが……あの男が俺ら兄妹にしたことをする。そっくりそのまま返すんだ」

兄の声だとは思えなかった。少女だった自分を眠りの先へと連れていってくれた兄の唇が、躊躇することなく悪意を吐いている。

「あいつは俺らの家を……未来を奪い取ったんだ」

湯気は霧散してしまった。深春の目の前には怒気をまとい、両目に細い血管を走らせ、潤いを失って乾ききった肌を晒す、生々しい男の顔がある。

「しかも……これはなんだ。この部屋はなんなんだ」

「もうやめて。落ち着いて」

「見ろ、深春。この部屋はそのままだ。俺らが使っていたものが、そのまま残っている。あの老いぼれは、この部屋に女を連れ込んで、俺らが残したものを使い続けてる。俺らが母さんと過ごした大切な家で、素性の知れない他人と家族ごっこをしているんだよ。いいか、よく聞いてくれ。あいつは侮辱し続けてるんだ。俺らの家を、俺らそのものを。そんなの許せるわけないだろ……」

赤らんだ二つの目玉が、なだらかな楕円の表面にゆがみを現しはじめた。

兄の目が潤んでいる。深春は家を奪われたあの日以来、兄が泣いたところを見たことがなかった。そのまま泣いてくれたほうがむしろ良かった。妹の自分に見せることのなかった、ひとりきりの暗闇での顔をここで晒してくれたほうが、よっぽど心が救われた。

しかし、兄の目から雫《しずく》がこぼれ落ちることは、ついになかった。

「はるとくんには、あの家が必要なの」

深春は迷いを引きずりこむようにして息を吸い、一気に言葉を続けた。

「あの家は……あの部屋にあるものは、はるとくんにとって、お母さんとの絆なの。あの子は、部屋にあるものはぜんぶ、母親が残してくれたものだと信じてる」

「どういうことだ？」

「おじいさんが……チューさんが……あの子にそう言い聞かせたの。お母さんと離れ離れになってしまったはるとくんに、この家にあるものはぜんぶ、ママが選んだ……ママの愛情がつまっているんだよって」

テーブルの上で握られた兄の拳のうえに血管が浮き出ていく。忠之の手のように皮膚が擦り切れてしまいそうな弱々しさはない。だが、怒りが脈打ち、血管を膨らませて、そのまま破裂してしまいそうな危うさが兄の手にはあった。

「ふざけるな……あれは俺たちのものだ。俺たちの母さんが残してくれたものだ。それを勝手に……でっちあげの嘘で……俺らの思い出を汚したのか……あの男は……」

「お兄ちゃん……」

「深春。お前は許せるのか。あいつは俺らから家を奪っただけじゃない。俺らの思い出まで無かったことにして、嘘を塗りたくって、そのうえで踏ん反り返って、自分だけ家族ごっこをしているんだぞ。それをお前は許せるのか？」

「わかってる」

「わかってない。なにが、わかってるんだ」

「聞いて」

「深春」

「お願い。お兄ちゃん、聞いて」

駿介は黙り込んだ。沈黙がすべてを押し潰していく。私たちはいつも、この静けさのなかにいた。終わりの知れない鈍痛のように重苦しい静けさ。忘れてはいない。忘れることなどできない。ずっと私たちは、この静けさから逃れられていない。

「私たちのお母さんは帰ってこなかった。だけど、あの子のお母さんは帰ってくる……」

肺の底から息を使い切って、声を出した。

兄がこちらを見ている。私も兄を見ている。息苦しい。

「刑務所からな……もうすぐ出所するらしいぞ」

もう、そこまで知っているのか。深春は俯いた。

しかし、怯えを振り切って顔を上げ、兄に語りかけた。

「お兄ちゃんは、あの家を出るときに言ったんだよ。ぜんぶ忘れて生きなくちゃだめだって。笑って言ってた。私、覚えてるんだから。お兄ちゃんが笑ってくれたこと」

駿介の笑みが消えている。それでいい、そのままでいてくれと深春は思った。

「ねぇ、もう私たちのなかでは終わったことなんだよ。あの家に、こだわる必要なんてない。私たちはもう、今の人生を生きているんだから。チューさんと、私たちのあいだであったできごとは、もう終わったことなの。もう私たちが何を言っても意味がない」

深春は自分が涙をこぼしてしまっていることに気がついていた。兄の前で、これまで数えきれないほどの涙を晒してきた。そのたびに兄は手を差し伸べてくれた。

私が泣くから、兄は笑った。私が泣くから、兄は泣けなかった。

それがわかっているのに、とめどなく流れてくるものを我慢することができない。兄が微笑んでくれることを待っている自分がいる。深春は自分が怖くなった。

兄は笑わなかった。

「はるとくんのために、あの家が必要なの。私たちにとっては〝家族ごっこ〟でも、あの子にとっては真実なの。それだけが支えなの。はるとくんの希望を奪わないで。私は、あのときのお兄ちゃんが味わった気持ちを、はるとくんに味わわせたくない」

駿介が笑って、吐いた。

「お前に、何がわかる」

第三章

1

25年前　平成　松野忠之

ずんぐりとした深緑の車体のおでこに、行先表示の電飾が灯る。オレンジ色の光が長い楕円をつくる。円のふちは夕闇の濃紺に溶けてしまってはっきりしないが、中心の文字は遠くからでもくっきりとかたちが浮き出て、読み取れる。

「サンパレス桜ヶ丘前行」

昨年の春から、この路線の表記は新しくなった。それまでは終点の「桜ヶ丘ふれあい集会場」が掲げられていたが、マンション建設から数年が経ち、利用者の大半がサンパレス桜ヶ丘の住民となった今、表記変更は自然な成り行きだった。

折り畳んだ背広の上着を肘にかけ、腕の先にはパンパンに膨らんだ白いスーパーのビニール袋をぶらさげている。もう片方の手で黒鞄を持ち、額を伝う汗を拭く余裕もない。四十を超え、少し薄くなった頭髪が汗で眉上にぴたりと張りついてしまって、見苦しくないか気になるが、どうしようもない。松野忠之は入口のタラップを上って、腕をぷるぷると震わせながら指先を持ち上げ、整理券をつかみ、バスに乗り込んだ。

会社帰りのサラリーマンたちが汗と疲れを匂わせた背中を並べている。肩と肩とのあいだに隙間をみつけて、そこに体を滑り込ませる。ビニール袋を足もとに下ろし、吊り革を握り、やっと息をつくと、窓ガラスの向こうには建設中の駅前の工事現場が見えた。

「ついに来春、待望のグランドオープン！」

ブルーシートで覆われた足場の上から、縦に長く、垂れ幕が伸びている。

ショッピングモールというのが、いったいどういうものなのか、いまいち想像がつかない。大型スーパーを中心に、様々な商店が立ち並んで、駅前が小さな街のようになるという。弟の秀之《ひでゆき》が経営する松野建設も一連の事業に深く食い込んでいる。次から次へと建物をこしらえることになって、地元の建設業界はバブルに浮かれているらしい。

駅前のショッピングモール開発は市の都市計画とも絡んで、今後10年、20年と続く長期事業になる。「街の背丈が伸びるなら、当然、洋服も大きくなる。伸び盛りのこの街の晴れ衣装を俺らがせっせと仕立ててやるんだよ」と秀之は息巻いていた。

バスが動き出して車体が揺れると両側の肩がぶつかりあう。狭苦しいが、それを気にもとめていられない。駅前のロータリーから出発して、いくつか通りを曲がっても窓の外にはいたるところに建築現場があって、ブルーシートを見つけられる。

朝、都心に人々を送り出して、夜、くたびれた彼らを迎え入れる。あとは静かに寝かせるだけ。文字通りのベッドタウン。娯楽もほとんどない。駅前を離れれば田んぼばかり。まさに寝ぐらでしかなかったこの街が、今、生まれ変わろうとしている。

ついに街まで変えてしまうのか、あいつは。

秀之は昔から大それたことばかり言う弟だった。6つも年下で、男どうしだが可愛いだけで喧嘩にもならない。弟がやんちゃをするたびに笑って窘《たしな》めた。そんなとき、いつも決まって秀之は「また兄さんお得意の、おこまり笑顔だな」とからかった。

大正生まれの父は家族を怒鳴る以外では歯を見せないひとだった。棺桶に横になったときも、唇をまっすぐに閉じて、まるで寝心地が悪いぞとでも怒っているかのように、顔をしかめていた。

「死んだら、だいたい、もっと穏やかな顔になるっていうもんだけどな」

勘当同然で家を出て、自分で会社を立ち上げた弟は、最後まで父と和解できなかった。うまく仲介してやれなかったことは兄として悔やんでいる。この街の〝衣装替え〟を一手に引き受ける、今のあいつの成功ぶりを天上の父が見たら、何と言うだろう。

忠之は吊り革を握り直す。バスの窓ガラスにうっすらと反射して、自分の顔が映し出されている。父や弟とは似ても似つかない、どうにもこうにも覇気のないのっぺり顔で、自分で笑ってしまう。ああ、これが秀之の言っていた、おこまり笑顔かと、忠之は妙に納得しながら窓の外を眺め続けていた。

サンパレス桜ヶ丘は、鉄道会社系の住宅会社が数年前に建設した集合住宅だった。

駅前の大型ショッピングモールの開発を念頭においた建設で、首都圏各地で盛り上がったニュータウンブームの余波も受けていた。松野建設が急成長を遂げたのも、このマンションの建設作業の下請けを地元企業を代表してとりまとめたことが大きい。

新雪のような初々しい白さが眩しい外壁が、8階まである建物のてっぺんにまで伸びている。それが長方形の敷地に綺麗に整列して、全6棟。昼間は陽射しを跳ね返して白白と輝き、夜は薄黒い闇のふもとに白い巨身を浮かばせる。

バスを降りたところに小さなアーケードが構えられていて、それが敷地への入口になっていた。エメラルドグリーンの下地に白文字で「サンパレス桜ヶ丘へようこそ」と書かれた看板が掲げられている。アーケードをくぐる前に、忠之はスーパーの袋から揚げ物が入った茶色の紙袋を取り出した。これを彼らにわかるように見せなければいけない。袋には街のコロッケ屋のロゴマークが印刷されている。自然と笑みがこぼれる。

六つ並んだ建物の右奥、一番隅にある6号棟に目をやると、5階のベランダに小さな影が二つ並んでいるのが見えた。心持ちが弾んでも荷物が軽くなるわけではないから、早足にはなれないのだけれど、どうも気が急《せ》いて息があがる。

「あ、チューさんだ。チューさーん」

この高い声は妹の深春だ。ちょっと前までは、どちらの声か判別できないこともあったが、最近、兄の駿介は声変わりが始まって、声にがらつきが目立つようになっている。

「近江屋のコロッケ、買ってきたー?」

忠之はたまらず荷物を地面に置いて、手を振り返した。

紙袋を掲げる。二つの影が跳ねながら、こちらに手を振る。

「おおー。ほらよ」


エレベーターは4階と7階にしか停まらない。それでも不満の声が聞こえないのは、そもそもこの街には高層階の建物が少ないからだ。

これまでは市役所庁舎の5階建てが最高で、エレベーターを備えた建物がほとんどなかった。近隣の小学生たちが高いところからの景色を見てみたいと集まってくるので、エレベーターホールには「エレベーターで遊んではいけません」と自治会が用意した張り紙がしてある。平成の世になったというのに、たかがエレベーターが珍しがられるのだから、この街もまだ田舎だということだ。

玄関チャイムを鳴らすと「開いてるよー」と中から声がした。それでも、こちらから開けるのは気が引けて躊躇していると、ドアが開き、細く可愛らしい手が伸びた。

隙間から、ひょっこりと出てきた頭には薄ピンクのシュシュがつけられていて、ポニーテールに結んだ髪が揺れる。こちらを見上げて、花が開くように小さな顔がほころんだ。

「チューさん、こんばんは。お兄ちゃん、チューさん、きたぁ」

「深春ちゃん、こんばんは」

深春の頭を撫でてやっていると、奥のリビングの方から兄の駿介が出てきた。成長期とはすごいものだ。先月来た時よりも背丈がだいぶ伸びたように見える。

「チューさん。こんばんは。ごはん炊いといたから、一緒に食べよう」

駿介はすぐにこちらの抱えていたスーパーのビニール袋を持とうとしてくれた。

「もうすぐ、志保美《しほみ》さんも帰ってくるんじゃないかな。お母さんと一緒に食べたほうがいいでしょう。ほら、荷物は大丈夫だから。君たちはベランダで待っていなさい」

「うん、でもチューさん、両手にそれじゃあ、重いでしょう。冷蔵庫まで僕が半分、持っていくから」

まだ小学校6年生なのに、よく気遣いをしてくれる。妹の深春と同じようにきららかに瞳が澄んでいて、そこだけが子どもらしい。穢《けが》れのないこの瞳の表面に自分の姿も映っているのだと思うと忠之は晴れやかな気持ちにさえなれた。

駅前のスーパーで忠之が買ってきた惣菜やサラダを冷蔵庫に入れて、キッチンの脇にコロッケを置くと、兄妹はリビングを駆けるようにして、またベランダに向かった。

母親の志保美がもうすぐ帰ってくる。

兄妹はいつもベランダで肩を並べ、母親の帰りを待つ。

忠之は、この部屋が好きだった。ソファにはフリンジがついたベージュのブランケットカバー。ローテーブルには筆記具やテレビのリモコンを納める、ブリキの小物入れ。ミシンの脇には縫い終えたばかりの体操着袋。小ぶりの子ども机が二つ並んでいて、テレビ台としても使っている低い木製の本棚には、子どもたちが読む児童書や絵本、図鑑がぎっしりと身を寄せ合っている。

家具の一つ一つに、あるいは小物の一つ一つに、人肌にも似た体温があるように感じるのは思い込みだとはわかっている。でも、独り暮らしのアパートの、あらゆるものが一切の呼吸をせず、冷たい無機物として、ただ並べられているだけの光景を思い出すと、この部屋がことさら温かく、生き生きとしているように忠之には思えた。

リビングの隅には黒いアップライトピアノがある。

弾きかけだったのか、ブルグミュラーの楽譜が譜面台に置かれたままになっていた。もう少し早く来ることができていれば、駿介が弾くピアノを聴けたかもしれない。ときには深春も兄の隣に座って、二人で連弾する姿を見せてくれることもある。

二人が弾く、たどたどしいピアノの旋律が好きだ。

なにより「チューさん、聴いて、聴いて」と期待に溢れた表情で小さな顔が二つ並ぶのが可愛い。ピアノを聴くときは、うしろのソファが特等席なのだと指定される。「最後までそこにちゃんといてね」と二人に言われると、忠之は不意に涙がこみあげてきそうになる瞬間がある。自分でも笑ってしまうが、これまでの人生で誰かに「そこにいて」と言われたことなど、なかったのかもしれない。

「あ、お母さんだ！」

二つの声が重なる。ベランダに並ぶ背中が元気よく跳ねる。

自分が来たときよりも高く跳んでいるのだろうし、大きく手を振っているのだろう。

母親が帰ってきたことを喜ぶ子どもたちの後ろ姿は何度眺めても、嬉しくなる。

2

忠之はハンカチに包んだ茶封筒に右手を添え、食卓の上を静かに滑らせて、差し出した。別に裸の封筒のままで渡してもいいのだが、どうも露骨に思えてしまって、いつもそうしてしまう。

兄妹の母親、津山志保美は「ありがとうございます」と小声で呟き、頭を下げた。

結局、志保美の指先で封筒は取り出され、ハンカチだけが小さく畳まれて返ってくる。もはや毎月の儀式のようなもので、やりとりは自然だが、志保美がハンカチを広げるたびに、彼女が隠そうとしていた何かをむしろ際立たせてしまっているように思えて、いつも忠之はどんな表情をしていいかわからなくなる。

「毎月、すみません、助かります……」

「いえ、僕はただの渡し役ですから」

長く伸びた黒髪がひとつに結ばれ、右肩に下げられている。下げた髪に引っ張られるように志保美は斜めに頭を傾けた。目尻には皺が寄っている。仕事から帰ってきたばかりで疲れているはずなのに、志保美の眼差しはまるでこちらが「おかえり」と迎えられているような気になる。

「子どもたちもチューさんが来てくれると嬉しいみたいで」

「近江屋のコロッケのおかげでしょう。あはは」

笑い声が大きくなってしまった。すでに夕飯を食べ終え、テーブルの向こうのソファに陣取り、テレビの巨人戦に見入っていた駿介と深春がこちらに振り向いた。

「勝ってる?」

「チューさん、今日は桑田が先発だよ。負けちゃだめなんだよ」

「そうか、それでジャイアンツは勝ってるの?」

「まぁ、今は負けてるけど」

「なんだ、負けてるのか」

志保美と目を合わせ、思わず笑ってしまう。

そもそも人付き合いが苦手で恋愛などろくにしてこなかった忠之でも、女性というものが、様々な顔をもっていることは頭ではわかっている。志保美だって、自分に向ける眼差しと、子どもたちに向ける眼差しとは違う。当然のことだ。

だが、志保美の眼差しには、それが誰に向けてのものであっても、常に保たれる寛容さがあった。彼女が子どもたちのわがままに頷くとき、あるいは自分のとるにたらない世間話に頷くとき、自然とそれらのやりとりのぜんぶを、ゆるやかに包み込むような気配が漂う。それは志保美のおっとりとした声の響きのせいなのかもしれないし、控えめな微笑みのせいなのかもしれない。

優しすぎる、とさえ思うこともある。それがこのひとの魅力であり、もしかしたら……危うさか。忠之はそんなことを考えると、いつも弟の顔が浮かび、思考をとめてしまう。きっと秀之も、そんな志保美の優しさに惹かれたのか。あるいは甘えたのか。

このひとは弟にはどんな眼差しを向けているのだろう。

知るよしもないし、それを考えることはあまり良い心持ちにならない。

前を向くと、相変わらず志保美は微笑みを崩していなかった。

「弟とは話せているのですか？」

「会社で姿を見かけることはありますが、挨拶を交わすくらいで……。まぁ、あのひとも今は駅前の開発の件で時間に余裕がないと思いますし。社内も慌ただしいんです」

「最近、弟の秘書担当から外れられたとか」

「ええ……会社が大きくなってきましたし……いろいろ、周りの目もありますから。あのひとが決めたことです」

松野建設の社内で、志保美の立場は以前よりもだいぶ悪くなってきているという。

松野建設の社長、松野秀之には、地元の市議会議長に見合いの席をとりもってもらった本妻がいた。二人のあいだに子どもはいなかった。

秘書の津山志保美が社長松野秀之の〝公私〟のパートナーであることは、社内外においても公然の秘密となっている。本妻は愛人の存在には目をつむっていたが、自分たちに子どもがいないということもあって、志保美の子どもである駿介と深春が夫と親しくなることだけは、ひどく嫌がっていた。

肉親ではあるが、松野建設にとっては部外者である忠之の存在は、弟の秀之にとって何かと都合がよかったのだろう。津山一家の様子を見にいき、会社内では話しづらいことも含めて、志保美の頼みごとを聞きとる。生活費の足しとなるように、毎月、いくらかの現金を渡しにいく。そういう面倒ごとを、秀之は忠之に頼んだ。

まったく、ふざけた弟だ。

さすがに最初は忠之も断ったが、初めて秀之から志保美を紹介されたとき、その右手には実に利発そうな男の子が手を引かれていて、左手には、この世界のすべてを疑わず、目に入るものぜんぶに笑顔を向けてしまう愛らしい女の子が抱かれていた。

相手に連れ子がいるとは聞いていなかった。それを事前に知らせないのがまた、弟のずるいところだ。こちらが困惑している横で、子どもたちに向かって「このおじさんはこの街でいちばん優しいひとなんだぞ」などと言う。けなげにも背筋をまっすぐに伸ばして、駿介は「よろしくお願いします」と頭を下げてきた。もう断れなかった。

志保美は前夫と離婚してから、ひとりで二人の子どもを育てていたという。

秀之ははじめ、取引先の社員として志保美と出会い、その能力をかい、自社に引き入れたらしい。松野建設の事業が拡大するなかで社員も増えていき、秀之にも秘書が必要になっていた。いつ恋愛関係になったのか、それとも最初からそうだったのか、それはわからない。だが、秀之が5つ年上の志保美を強く信頼しているらしいことは忠之にもわかった。

「忙しいとはいえ、もう少し、あいつも、あなたに気を使ってあげればいいのに」

「いえ、気を使ってくれているから、私を遠ざけたんでしょう。こんな新しいマンションに住まわせてもらって……駿介だって、本当は学校をやめなければいけなかったんですから。私だけじゃ、とてもあの子を、あのまま私立には通わせられなかった」

サンパレス桜ヶ丘の一室を社宅として津山志保美に貸し出す。

社内ではその事実をもって、社長にとってこの秘書が〝特別な存在〟であることが決定づけられたらしい。経営がうまくいっているときは多少のやんちゃをしても、それがすべて武勇伝のように扱われてしまう。ましてや秀之は天性の人たらしだ。他人への甘え方がしたたかなのは、子どもの頃から変わらない。年長の志保美を選んだことも忠之からすれば、秀之の計算だったのではないかと思えてしまう。秘書として志保美はかいがいしく秀之の世話をし、秀之もまた彼女を頼りとする。その光景をあえて隠さず、「社長はこの女性がいないとダメなんだ」と周囲に認めさせたんじゃないか。

「これから駅前のショッピングモール開発はますます佳境を迎えます。会社としても大事な時期です。そこで私のことが、なにかあのひとの邪魔になってもいけないんです」

受け取った茶封筒の端を指先でつかみながら、志保美は俯き、テーブルに視線を落とした。もともと線が細いひとだが、頬にさす陰が増えたように見える。さっきまでどうにか咲いていた花が、しおれ、皺を深くして、力なくこうべを垂らすようだった。

その姿がそれでいて、どうにも美しくみえてしまうのだから、わからない。

秀之にならそれがわかるのだろうか。このひとの美しさのわけが。

志保美は愛人という立場で、秀之に従順に尽くしているように見える。いつもは草木の陰に隠れ、蕾を閉じ、黙り続けて、ただそこにじっと佇んでいる。だが、求められれば、花びらを開き、眩しくて身勝手な松野秀之という太陽に、うやうやしく微笑む。

それでいて、どうだろう。子どもたち二人の生活はちゃんと弟に守らせている。

駿介くんと深春ちゃんの笑顔に陽があたり続けるよう、うまく事は運んでいる。

はたして、この一輪の可憐な花のほうが、よほど、したたかなんじゃないか。

どうしようもないから、私はこうしたんだと、そんなふうに言ってくれたら、むしろわかりやすいけれど、このひとは必ず「自分で選んだのです」と言うはずだ。

そして、それはおそらく、嘘ではない。

秀之はそれをわかって、このひとを援《たす》けているのだろうか。

互いに相手の心の暗がりをわかりあって、照らしあっているのか。

「あの子たちのこと、これからもよろしくお願いします」

こうべを垂れたはずの花が、ふと首をもたげ、微笑んで言った。

忠之ははっとして、あわてて言葉を返した。

「いや、僕なんかにできることなんてありませんよ」

「忠之さんに、お願いしたいことがあるんです」

子どもたちが見ているテレビから、実況アナウンサーの上ずった声と球場の歓声が聴こえる。誰かがホームランを打ったらしい。駿介も深春も黙っているから、きっと桑田が打たれたんだろう。テレビの前には静けさがあった。

その静けさを背にしていた志保美は、もう微笑んではいなかった。

「これからお話しすることは、忠之さんの心の中にしまっておいてください」

3

さすがに少し、メイプルシロップをかけすぎなんじゃないかなと思う。

だが、本人は満足そうだし、口を目一杯広げて、フォークの先まで飲み込みそうな勢いでホットケーキを頬張る姿は、眺めていて嫌な気はしない。トッピングのバニラアイスは200円の追加料金がかかるのだけれど、一度も「頼んでいい？」と事前に聞かれたことはない。

「いやぁ、やっぱり、ここのホットケーキが日本で2番目に美味しいと思うのよね。1番は日比谷の帝国ホテルのやつだけれど、ここもいい線いってる」

成人式のときに、お祝いで祖父母が連れていってくれた帝国ホテルのレストラン。そこで食べたホットケーキが忘れられない。私のお祝いなのに、一緒に来た妹は自分だけバニラアイスのトッピングをこっそり頼んでいて、すごく腹が立った。機嫌がいいと、そんな話が続くのだが、今日はそれほどでもないらしい。あるいは、さすがに何度も同じ話をしていることに気がついてくれたのだろうか。たぶん、そろそろコーヒーを頼むはずだ。

「ねぇ、忠之さん、ごめん。コーヒー、もう1杯だけいい？」

見事に完食されたホットケーキの皿を店員が下げると、テーブルに広がったスペースに盛田《もりた》潤子《じゅんこ》は慣れた手つきで経理の月次資料を広げた。今月は特許収入の徴収月なので少し利益が膨らんでいる。「まぁまぁね」と呟きながら、盛田が数字に指をさす。また指が太くなっただろうか。薬指の結婚指輪の食い込みがさらに深まった気がする。

「ちょっと手がむくんでるのよね。最近、レンタルビデオ屋で借りてきた昔の映画にハマっちゃって。あれ、1日で返却すると安いでしょ。だから夜中に必死になって、ぜんぶ見て。寝不足なの」

「うん。盛田さん、体には気をつけてね」

「ほんと、睡眠不足だけはだめよ。忠之さん、あんたも気をつけてね。一応、社長なんだから。元気でいてもらわないと。男はさ、四十を超えたらガクッてくるって、よく聞くでしょう。ねぇ、いい歳なんだから。ほんとに」

まるで親戚の年長者に諭されているようだが、盛田のほうが7つも年下だ。弟の秀之よりも彼女のほうが若い。

貫禄はあるけれど、ショートカットの童顔で目はくりっとしていて愛嬌がある。喋りが達者だから厚かましいひとだと思われがちだが、案外、気遣いのひとで、先代社長である父の命日、そしてそれを支えた母の命日には、必ず一緒にお墓参りに行ってくれる。

普段は煙草のけむりなんて、丸い頬をぶるぶると震わせて毛嫌いするのに、お墓参りのときにはセブンスターを一箱、黙って買ってきて、墓前に供えてくれる。

「昔、お使いを頼まれてマイルドセブンを買っていったら、こんな軽いもん、ダメじゃ！って社長に怒られたのよ」と、これも毎年する話ではあるのだけれど、墓前でいくつか、父と母についての思い出話をしてくれる。

ずいぶん、盛田の明るさには助けられてきた。忠之は毎月、ホットケーキをご馳走しながら、会社の経理報告を受けるこの時間が好きだった。

「今月も僕からはとくに問題ありません。ご苦労様でした」

資料の承認欄に忠之は認印を押す。このときばかりは盛田も開いてばかりだった唇を閉じ、小さく頭を下げる。

忠之、秀之の両親は、地元で小さな繊維加工工場を経営していた。

この街一帯は日本初の女性ストッキングの開発で名を成した大手繊維メーカーのお膝もとで、周辺のいくつかの市をまたいで下請けの中小企業が広く点在していた。

下請け業だけで経営はまわるのだが、父は野心的なところがあって、独自に加工技術の特許をとったり、女性の肌着素材を応用した野球のアンダーシャツをつくったりして、小規模ながらも商いを膨らませていた。

父の野心だけが遺伝し、家を飛び出した次男坊には、両親はハナから期待していなかったが、かといって長男の忠之にもそれほど希望を抱いていなかった。

真面目で人がいいといえば聞こえはいいが、何をやらせても鈍臭《どんくさ》く、覚えが悪い。大病はしていないけれど、頑丈というには心もとない細身の小身で、力仕事を言いつけるとすぐに音を上げる。とてもじゃないけれど会社を継いで、ひとりで工場の未来を背負っていけるとは思えない。両親は会社の継承をなかば諦め、父が古希を迎えたときに事業のほとんどを売却してしまった。

いくつかの特許収入と他社に売却した自社製品の名義収入。それらを置き土産に両親は旅立った。すでに自分で起業して飯を食えていた秀之は相続を放棄し、忠之が会社を相続したが、名ばかりの社長で業務はほとんどない。

両親が娘のように可愛がっていた経理の盛田が残ってくれ、権利収入の事務処理だけを自宅作業でこなしてくれている。忠之は毎月、近所の洋食屋で盛田と待ち合わせ、彼女の大好物のホットケーキを挟んで、2時間ほど「定例確認会議」という名のお茶会を開いている。実際は、盛田がノンストップで喋りつづける独演会だが。

「会計事務所の仕事のほうはどうなの。忙しくしてるの？」

「ああ、会計士の先生方はバタバタしてるね。ここ数年は外の地域から企業が入ってくるようになったから、顧問先が増えてさ。でも、僕の仕事はあんまり変わんないよ。書類を印刷したり、FAXを送ったり、電話番したり。そんなのが少し増えたくらいかな。ただの事務員だから」

「ほんと、ショッピングモールさまさまよね。もう、バブルで。街のひとたちが、みなさん、お稼ぎになって。私もおこぼれに与《あずか》れないかしら」

「ああ、お給金、上げられなくてごめんね。ボーナスというかたちで……」

「やだ、冗談よ。もう、やめて、やめて。忠之さん、ひとがいいから、すぐに真に受けるんだから」

盛田は笑い飛ばしたが忠之は真剣だった。親が残してくれた財産を今もちゃんと守れているのは一にも二にも盛田のおかげだ。弟の口利きでありつけた会計事務所の事務員の仕事でさえ器用にこなせない自分が、ひとりですべてを捌《さば》けるわけがなかった。

「そもそも、どっかでパートなんかするより、はるかに高いお給料頂いてるんだからさ。先代社長と奥さんには恩しかないし、これ以上、欲を出したらバチが当たるわ。ほんと、感謝してるのよ、私。ああ、どうしましょ、涙出てきちゃう」

そう言うと実際に目を赤くし、鼻をすする。

母親は生前「潤子ちゃんが忠之のお嫁さんになってくれないかしら」とよく口走っていた。彼女が早々に中学校の同級生と結婚してしまったときは、本気で悔しがっていた。

2杯目のコーヒーも盛田はもうすぐ飲み干してしまう。

忠之の方はいくら会話が続いても構わなかったが、盛田は家に帰って夕飯の準備など、家事もあるだろう。伝票を手にとろうとすると、くたびれたスーツの胸もとが震えた。取り出したポケットベルの画面にカタカナで文字が表示されている。

「デンワクレ……」

「ん？　なに？」

「ああ、秀之から電話よこせって。ポケベルに」

「秀之さん？　あら、なんでしょう。このお店に電話機あったかしら」

「いいよ、もう帰るから。家からかけるさ」

画面には「デンワクレ」の文字のあとに「シャチョウシツニ」と続いていた。

自宅でもなく、会社でもなく、秀之自身が電話をとることができる社長室にかけてくれと言ってくるときは、他のひとに聞かれると面倒な会話……つまり津山の家族についての話だ。忠之はそのまま伝票を手にとった。

「秀之さんもショッピングモールの件で、また儲かってるんじゃない？　あのひともあんなに立派になって。お父上とはソリが合わなかったけれど。先代も最後まで心配してたのよ。先代も怖いのは顔だけで、根は優しいから」

「うん、父さんも、本当は秀之に継いでもらいたかったんじゃないかなぁ」

盛田は顔をくしゃっとさせて、首を振る。どういう意味なのかわからないが、こういう言葉に安易に頷かないのが盛田の優しいところだなと、忠之は思った。

「まだ、あのおうちには行ってるの？　サンパレス桜ヶ丘だっけ。秀之さんの……ほら」

「ああ、こないだも行ってきたよ。子どもたちが可愛いんだ。いい子たちで」

「そりゃ、子どもたちは可愛いでしょうよ。でもねぇ……もうさ、お人好しなのはいいけれど、節度ってものがあるからね」

「ははは。お人好しにも節度があるのか」

忠之は頭を掻いて苦笑したが、盛田はきっと睨むような目つきでこちらを見ている。

「忠之さんね、なんでも引き受けちゃうから、気をつけたほうがいいわよ。まぁ、そこがあなたのいいところなんだけど。くされ縁の私だって、心配なんだから。秀之さん、やり手だからズルいところあるしね」

「まぁ、こんな自分でもできることがあるなら、やってあげたいだけだよ」

「はいはい。ほどほどにね。さ、そろそろ帰んなきゃ。今日もごちそうさま。また来月ね。引き続き、よろしくお願いします」

「うん、よろしくお願いします」

店から出て盛田と別れると、忠之はしばらくのあいだ駅の周辺を歩いてから、離れたところにある小さな公園に設置された電話ボックスに入った。自宅のアパートから電話するのは、どうにも気持ちがのらなかった。こちらは侘《わび》しい独り暮らしの部屋から電話をかけているのに、電話先では立派な社長室の椅子に弟が座っているんじゃないかと想像すると、なんだかむなしい気持ちになるからだった。たしかに盛田が言っていたことは、その通りなのかもしれない。

受話器に耳をあて、コール音が繰り返されるのを聞く。電話してこいと言ったのは弟のほうなのに、すぐに出ないのだから、少し苛立つ。次のコール音で出なかったら切ろうと思ったところで、カチッと乾いた音が鳴った。

「もしもし」

「ああ、忙しいところ、ごめんね」

「ああ、兄さんか、謝るなよ。こっちから電話してくれって頼んだんだから」

「ポケベルをもらったけど、どうした」

「うん、悪いね。ありがとう。ちょっと相談したいことがあって」

「うん、なにかあったかい?」

「いや、志保美がさ……いなくなっちゃって」

秀之の言葉に応える前に、忠之の脳裏には志保美の顔が浮かんでいた。

あの志保美が微笑みを脱ぎ捨てて、真顔で話してくれた、いくつかの頼み。

彼女が考えていたことがらが、少しずつ動きだしてしまっている。

忠之は公衆電話の受話器をぐっと強く握った。

4

志保美が失踪して、2ヶ月が経っている。

駿介がくれたメモの通りに、ちゃんと自分はスーパーで野菜や肉を買えただろうか。このあいだは豚の挽き肉と牛豚の合い挽き肉を間違えてしまった。ああ、それと深春からアポロのチョコレートを買ってきてとせがまれていたんだった。いちごのチョコレートなんて、これまでほとんど食べたことがなかったが、深春はあれが大好きで、何粒か分けてくれて、口に入れてみたら案外美味しかった。自分が子どもの頃より、お菓子も進化しているということか。

志保美がいなくなってからすぐに、秀之にはシッターの手配を頼まれた。費用は秀之が用意する。ようはお手伝いさんだが、世の中にこんなに家事代行業の会社があるとは知らなかった。調べてみて初めて知った。金持ちはたくさんいるもんなんだなと、変なところに感心してしまった。週に二度、お手伝いさんが来て、掃除や洗濯、食事の用意などをしてくれる。だが、泊まり込みではない。それ以外の日は子どもたちだけになるわけで、それが心配で、忠之は兄妹のもとを頻繁に訪れるようになっていた。

駿介はもとから、家事には長《た》けていた。

小さい頃から、志保美にずいぶん多くのことを仕込まれていたようで、お手伝いさんたちが「おうちに伺っても、あんまりやることがないんです」とこぼすほど、掃除も洗濯も料理も上手にこなす。そこに自分が行っても役立たずなのはわかっているが、行けば二人は喜んでくれるし、母親がいなくなって、一時期は学校にも行きたくないと塞ぎ込んでしまった深春のことを思うと、ちょっとでも遊び相手になってやりたかった。

子どもたちに地方出張に行くと告げ、生活や家事のあれこれについて指示を残したうえで、志保美は家を出たという。実際に大阪で業界団体の寄り合いがあり、他の社員数名と彼女は現地に向かったらしい。だが、一連の仕事が終わったあと、関西の親類に会うと言って、帰路につく同僚たちと別れたきり、連絡がつかなくなった。

「社内にはうまく説明しておいた」

秀之は電話で事もなげにそう言っていたが、大人ひとりの行方がわからなくなって、それをどう取り繕ったというのだろう。話が子どものことに及ぶと「そうなんだ」とため息を吐き、急に神妙そうな口ぶりに変わるのにも、忠之は腹が立った。

「あの子たちが不憫でさ。俺だって、なんとかしてやりたいんだよ。けれど俺が前に出ると、それはそれで面倒なことになる。だから、すまない。兄さん、頼まれてくれないか。あの子たちの面倒を見てやってほしい。あの子たちも、兄さんにはずいぶん懐《なつ》いてるし。俺には兄さんしか頼れるひとがいないから」

駅前のロータリーから、サンパレス桜ヶ丘前行きのバスに乗り込む。たびたび、このバスに乗るようになって、この時間帯に乗り合わせる常連客の顔もわかってきた。もう思い切って、バスの定期券を買ってもいいかもしれない。

会計事務所の仕事はここ2ヶ月、なるべく定時で切り上げるようにしている。上役の会計士に嫌味でも言われるかと思ったが、何も言われていない。そもそも今まで残業していたことも気づかれていなかったんだろう。自分のような雑用係など、いてもいなくても彼らにとっては同じなのかもしれない。そう考えると、えらく卑屈になってしまいそうだが、バスが向かう先では子どもたちが待っている。ベランダから二人で手を振ってくれる姿はいつも嬉しい。

「チューさんが来てくれると安心する」と駿介は言ってくれた。深春がお気に入りの本を持ってきて、好きなおはなしを一生懸命に教えてくれるのも楽しい。自分がそこにいることが求められている。それは忠之がこれまで、あまり感じることのできなかった類いの幸せだった。

のっぺりとした顔が、またバスの窓ガラスに反射して、浮かび上がっている。

おなじみのおこまり笑顔だ。でも、これでいい。あの子たちに、この貧相な顔でほっとしてもらえるのなら、それでいい。

秀之の連絡を受けてから、忠之の心のなかはせわしなかった。

それまで気の抜けた夕時の鐘のように間伸びした脈を打っていたはずの心臓が、ぽんぽんと弾むようになった気がする。志保美の心配はもちろんだが、何よりもまず、あの兄妹の力になってやりたい。その気持ちに駆り立てられた。それは志保美が願っていることとも重なるはずだ。

深春は起こってしまったことを、まだ受け止めきれていないようだった。

無理もない。まだ2年生だ。母親がいなくなるなんていう事態を、あの幼い心が簡単に飲み込めるはずがない。リビングで声をあげて遊んでいたかと思えば、急にスイッチが切れて、カーペットにうずくまる。駿介がつくってくれた料理にも、お母さんのものと味が違うと言って、口をつけなかったりする。駿介はことあるごとに妹の背中をさすり、母親譲りの優しい眼差しで「大丈夫、大丈夫」と声をかけ、元気づけている。その献身ぶりを見ると胸が締め付けられる。

駿介は来年中学生だ。妹の世話で勉強にだって集中できていないはずだ。算数の宿題の手伝いをしてやったときは、とても喜ばれた。家のなかのほとんどのことは駿介のほうが立派にこなすが、数字のことだけなら、自分の方が長けている。ひとりで抱えすぎるあの子が最後に頼れる存在になってやりたい。

そう考えると、自分のような人間にも、少しはできることがあるじゃないか。忠之は窓ガラスに映る中年の男の顔を励ますような心持ちになって、少し気恥ずかしくなった。

きっと今日も、ベランダに兄妹は立っているはずだ。

本当は彼らの視線の先に、自分なんかよりも、あの淑《しと》やかな母のシルエットが現れるほうが、よっぽどいいのだ。それはわかっている。だが彼らはマンションのアーケードの先に猫背でくたびれた自分の姿をみつけても、以前と変わらない、いや、むしろもっと大きな声で名前を呼び、手を振ってくれる。

バスがもうすぐ、サンパレス桜ヶ丘前に着く。

雨も降っていないし、雲もない。風も穏やかだ。

今日の夕空は、紺から紫へと鮮やかなグラデーションをつくっている。

今日は彼らを喜ばせるものを、背広の胸ポケットにしのばせてある。

巨人戦のチケットだ。休みの日の朝に水道橋まで出かけて、東京ドームのチケット売り場に並んできた。少し悩んだが、値段が高い席のほうが手に入りやすいから、えいやと奮発した。内野指定席を買った。しかも1塁のジャイアンツ側だ。選手たちの顔も見えるんじゃないか。兄妹がひいきにしている桑田が先発するかはわからないけれど、原や岡崎はいるだろう。いや、最近は若手の松井の方が人気なのか。駿介は技巧派の川相も好きだと言っていた。東京ドームのお土産屋で川相の写真がプリントされた下敷きと、桑田のサインボールのレプリカを買ってきた。二人はどんな顔をするだろうか。

バスが揺れる。停車した。他の乗客とともにバスを降りた忠之は、少し早足になって、いつものアーケードをくぐり、そのまま一番隅の6号棟を目指した。

目を凝らしてしまう。もう少し近づけば、すぐに見えるようになるのに何を焦っているのか。自分がおかしくて、笑えてしまう。息を整えながら、歩みを緩める。

そろそろだろうか。顔をあげてベランダを探す。

すぐに気がついた。いつもなら跳ねている二つの影がない。

二人がいない。その落胆とともに、忠之の足が止まった。

5

玄関のチャイムを鳴らすが、ドアの向こうから声は返ってこなかった。

下から眺めたカーテンはほのかな橙色に染まっていて、部屋の灯りが点いていることが窺《うかが》えた。兄妹は中にいる。何かあったのか。すうっと鎖骨のあたりに寒気が走る。刹那のあいだで湧きあがる焦燥に、思わず深春の名前を叫びそうになった。しかし、間を置かずカチリと鍵を開ける音がして、見慣れた細い腕が伸びてきた。

深春はいつもの薄ピンクのシュシュで髪を結んでいた。顔を上げると目には涙がたまっていて、下唇を嚙みながら、顎を小刻みに震わせている。しかし何も言わない。声を漏らしてしまうことを怖がっているようにも見えた。

「深春ちゃん、どうした。何があったんだ」

玄関から先を見ると、リビングへと通じるドアが開いていて、そこに駿介が立っている。駿介もこちらに気づいて振り向くが、伏し目がちに首を横に振った。

男物の革靴が二足並んでいる。誰かが来ている。靴を脱ぎ捨て、部屋に上がり、リビングに向かうと、そこにはスーツ姿の男たちがいた。

二人ともグレーの背広で、一人はぱんぱんに膨らんだ書類鞄を足もとに置いていた。手には薄いバインダーを持っていて、何かを書き込んでいる。もう一人はセカンドバッグを小脇に抱えているだけだが、忠之が部屋に入ってきたとき、バインダーの男が彼の顔色を窺ったので、こちらのほうが立場が上のような雰囲気があった。二人とも図体がでかいわけではなく、どこか悪い筋の人間といったような様子でもなかった。

「あなた方は、何をされているのですか?」

忠之の言葉を受けて、バインダーを持っている男が、セカンドバッグを持った男のほうに再び目をやった。セカンドバッグの男は首を傾げ、眉を上げながら、声色だけはやけに慇懃《いんぎん》に喋り出した。

「松野……忠之さんで、いらっしゃいますね」

ただでさえ身が強張っているところに自分の名前を口にされて、忠之はとっさに返事をすることができなかった。

「松野社長の……お兄様ですよね」

「私のことをご存じなんですか」

「ええ、まぁ。社長から伺っていますので。申し遅れました、私、松野建設で総務課長を務めております飯島と申します。こちらは、ニカイドウ不動産の二階堂さんです」

「ニカイドウ……不動産?」

「ええ、今日はこの物件の査定調査をお願いしていて。ニカイドウ不動産さんは弊社の協力会社でして、土地や建物の買取、売却について、いつもお世話になっております」

「買取、売却……？」

「はい。このサンパレス桜ヶ丘6号棟、501号室を弊社は近く、売却しようかと……」

また、すぐに言葉がでない。こういうときに自分の鈍臭さを呪いたくなる。

深春は駿介の脇にくっついて兄の腕に抱きかかえられている。

兄妹二人も今、この男が口にしたことがどういうことなのか、それが自分たちの生活にどんな結果をもたらすのか、子どもとはいえ、その危うさを感じとっているはずだ。

「売却……？　おっしゃっていることの意味がわからない。そもそも、子どもたちだけでいるところに勝手に部屋にあがりこんで……あなた、ちょっと乱暴に過ぎないか」

「いや、勝手にと言われましても……彼らがドアを開けてくれましたし、彼らを支援している松野社長の指示でここに来ているので」

〝支援〟という他人行儀な言いまわしに忠之は眉をひそめた。

秀之はどういう意図でこんなことをしているんだ。「弟は……」と言いかけたところで、セカンドバッグの男は忠之の声を蓋で覆い隠すように、言葉をたたみかけた。

「松野社長も、お子さんたちのことを考えてのご判断です。ここは社宅で名義上は弊社所有の物件です。弊社の社員である津山さんがいらっしゃらない以上、ずっとお子さんたちだけで住んでいただくわけにも……。他の社員たちの目というか……まぁ、バランスもありますから。松野社長も悩まれたんです。熟慮のうえで、まずは、この物件を売却する。その売却資金から津山志保美さんの退職金という名目で、ご家族にいくらかお渡しする。

そうすれば、お子さんたちも今通っていらっしゃる私立の学校をわざわざ退学せずとも済む。施設から今までと変わらずに同じ学校に……」

「しせつ……?」

深春があどけない声でつぶやいた。

男の口からこぼれる単語が彼女の耳に届くことに気がついていなかった。

必死で頭を回転させて、どうにかこの男に言い返さないといけない、兄妹を守ってやらなくてはいけない。そんな気持ちが先立って、唇が震えてしまう。

「僕たちは、ここに住めなくなるということですか?」

男たちと忠之とのあいだに、黙って会話を聞いていた駿介の声が滑り込んだ。変声期でささくれだってはいるが、こんなときも感情を抑え込んだトーンで話すことができてしまうこの少年の姿が、忠之にはやりきれない。

「ええ、まぁ……うん、そういうことではあるかな……」

「あんた、あまりにも配慮がないだろう! こんな小さな子たちに、いきなりそんなことを伝えるなんて。ひどいと思わないのか」

自分の声の大きさに自分で驚いてしまう。声を出そうとしたら、息の吸い方がわからなくなって、言葉を吐き切ったときには息が切れていた。

横から突然、高い声が耳をつんざいた。深春が泣き叫んだ。

「ああ、深春ちゃん……」

「深春、大丈夫だよ、深春。ちょっとあっちにいこう。深春、お兄ちゃんがいるからね」

深春の泣き声は言葉のかたちを成していなかった。

声の先は刃物のように鋭利で、激しい苛立ちでくるくると鼠花火のように回転しながら、周囲のすべてを切り裂いてしまう。目の前の男たちは白けきった顔をして、ため息をついている。

「母は……お母さんは、必ず、帰ってきます」

隣で喚《わめ》く妹の声のそばから、低く、頑《かたく》なな声を、大人たちの喉もとに突きつけるように駿介は放った。駿介があれほどしっかりと誰かを睨んでいる横顔を忠之は初めて見た。

「まぁ、それはそうだと……いいね。おじさんだって、君のお母さんのことはよく知っています。仕事仲間だからね。ちゃんと戻ってきてもらいたいと思っているよ」

少年に真剣な眼差しで睨まれているのに、軽薄な苦笑いで受け止めてしまう。

大人のそんな顔ほど、グロテスクなものはない。

「あんた、いいか。この子たちはずっとここで母親を待っているんだ。毎日だ。毎日、待っているんだよ。ベランダに並んで、こんな小さな子たちが二人きりで。あんた、その気持ちを踏みにじるようなことをしているんだぞ。わかっているのか」

赤らんだ忠之の顔の目の前に、セカンドバッグを持った男は立ちはだかるように足を進めた。こころなしか胸を張るようにして、男は息を吸う。

「失礼ですが」

今までで一番、大きな声を出された。忠之は不意をつかれた。

「忠之さん。あなたは、このお子さんたちの何でしょうか？　保護者ですか？　それともなにか他の、特別なご関係ですか？　そこに法的な根拠はございますか？　むしろ、あなたこそ、いったい、どのような権限があって、ここにおられるのですか？　なぜ、この部屋に足を踏み入れていらっしゃるのですか」

「それは、あんたのところの社長に頼まれたからだ。弟にこの子たちのことを助けてやってほしいと言われて、私はここにいるんだ。ふざけているのか」

「ほう、左様ですか。でしたら、もう、結構です。社長の松野は、もう、これ以上、お兄様にご負担をかけるのは申し訳ないと言っておりますので。あとは私たちがお引き受けします。ご安心ください」

「そういう問題じゃないだろ！　私はこの子たちの……」

「何ですか？　だから、この子たちの、何ですか？　もうよろしいでしょう？」

駿介が助け舟を出そうとしたのか、何かを言おうとしたところで、すかさず男がまたいっそう大きな声で、忠之に言い放った。

「お引き取りください。この部屋は弊社の物件です」

6

松野建設はショッピングモールの建設予定地である駅前の中央公園から、徒歩で数分のところに3階建てのオフィスビルを有していて、そこを本社としている。

以前は駅裏の雑居ビルが立ち並ぶ地域に一室借りて、そこを事務所にしていたが、ここ数年で会社は急成長し、こんな田舎街とはいえ、自社ビルを建てるまでになった。県内の他市にも、いくつか営業所を持っている。社員数は150人を超え、市内はもとより、県内でも知られる建設会社となった。

自社ビルの前には広々とした駐車場があって、その奥にガラス張りの自動ドアが待ち受けている。バスで駅前まで戻ってきて、そこから徒歩でここまで来た忠之は少し息があがっていた。これが歩いたことによるものなのか、それとも怒りによって興奮しているからなのか、わからなかったが、昂った心持ちのまま乗り込んでいったほうが、自分のような小心者にはちょうどいいはずだ。

そのまま正面の自動ドアに勇んで向かったが、とっくに営業時間は過ぎていて、ガラスの向こうは薄暗く、空席の受付カウンターが見えるだけだった。

自動ドアの脇に小さな立て看板があり、夜間・休日に御用の方はビル裏側へと書かれていて、地図の指示通りに進むと通用口があった。松野の兄だと告げると、詰めていた警備員は怪訝《けげん》な顔をしたが、内線電話で社長室に連絡をとってからは態度が変わり、わざわざ奥のエレベーターまで案内してくれた。

３階で降りると案内板があり、奥が社長室と書いてある。

電話では何度もここにつないでいるが、実際に来るのは初めてだった。

館内の他の部屋はすでに社員もおらず、明かりを落としていて、奥の社長室だけが廊下に光を漏らしている。あの中に秀之がいる。実の弟に会おうとしているだけなのに、職員室に向かい、叱られにいく生徒のような気分になっていた。

場にのまれ、勢いが萎《な》えている自分が情けない。

廊下で立ち止まり、深呼吸をしようと胸を張ると、社長室の扉が開き、流れ出すように光が廊下にこぼれた。ドアからぬっと頭だけ出した秀之は、拍子抜けするほど緊迫感がなく、級友でもみつけたかのように軽く右手をあげた。

「ああ、来てくれたか兄さん。ありがとう。そんなとこにいないで入ってくれよ」

部屋の奥には大きなデスクがあり、そこから見渡せるところに三人掛けの革張りソファが二つ、向い合わせに置かれている。中央にはガラスの天板が載せられたローテーブル。名称は社長室だがほとんど応接室として使われているようだ。殺風景といえば殺風景だがそのなかで壁面に飾られた巨大な〝完成予定図〟だけが、異様な存在感を放っている。

「ずいぶん派手だろ？　俺も最初はさすがにどうかなって思ったんだけれど、見ているうちに慣れるんだよ。設計デザイナーに聞いたら、これくらい、色のインパクトがあるほうが飽きないんだとさ」

「この街に合うかな」

「大丈夫。きっと受け入れられるさ。来年の春にはオープンだ」

　完成予定図に描かれたショッピングモールの建物は極彩色をふんだんに用いたカラフルな色合いで、そこを行き交う街の人々の描写も、とても楽しげだった。各店舗に囲まれるようにして中庭スペースがあり、そこには大道芸人だろうか、ピエロのような格好をした男がジャグリングをして、人を集めている様子が描かれていた。

「ずいぶん明るい街になりそうだな。ここも」

「その通りだ、兄さん。この街は今まで、ちょっと辛気臭かっただろ。自慢できるのは農業か繊維くらいなもんで、地味だった。それが一変する。シネコンって知ってるか？」

「……し、し、なんだって？」

「シネコン。シネマコンプレックスだよ。映画館が何個もくっついて、いろんな映画が見られる施設だ。親父に連れられて、兄さんとも映画に行ったよな、ガキの頃に。隣町まで電車に乗ってさ。若大将のやつ。かっこよかったよな、加山雄三。古い話だ。これからは映画もぜんぶこの街で見られる。最新のハリウッド映画もぜんぶだ」

　完成予定図を背にして、秀之は微笑みを浮かべ、両手を大きく広げる。まるでこの街を自分がこしらえたとでも言わんばかりの表情で、いささか態度が大仰《おおぎょう》に見えたが、それでもこういった派手な仕草が様になってしまうのが、この弟の愛嬌ではある。もう三十代も半ばを過ぎたのに、新しいおもちゃを自慢するかのような目をしている。

「志保美のことは俺も心配している。いや、まずはなによりも、あの子どもたちのことを心配している。彼らのこれからについて、いちばん良い環境はなんなのか」

「口だけだな。言ってることと、やってることがあまりに違うだろ。秀之、お前、ずいぶん、乱暴なことをするじゃないか」

「兄さんが、怒っているときの声のトーンだね」

「茶化すな」

「茶化してはいないさ」

ソファに座ることを促されたが、忠之は拒み、そのままドアの前に立ち続けた。今日はいつものような、おこまり笑顔をこぼしてはいけない。秀之は苦笑いこそしたが、さほど躊躇することなく、自分は片方のソファに座り、そのまま背中まで身を預けた。天井に顔を向けながら、ソファの座り心地に満足したのか、鼻からゆっくりと息を吐く。

「兄さんにもこれ以上、子どもたちの面倒をみてもらうのは悪いと思っているんだ。俺は兄さんに甘え過ぎてしまったよな」

「ずるい言い方をするんじゃない。あの子たちのためだ」

「いくら兄さんが可愛がってくれるからって、いつまでも子ども二人で暮らすのは限界があるだろ。ちゃんとした施設に移ったほうがやつらのためになる」

「あの子たちはあの家で母親が帰ってくるのを待ってるんだ。お前、一度でも見たことがあるか？　小さな体で背伸びして、ベランダでけなげに待っている二人の姿を。いいか、秀之、お前はその気持ちを、横から薙《な》ぎ倒すようなことをしてるんだぞ！」

秀之がこちらに顔を向け、目を見開いている。目の前の弟が驚く表情を見て、自分の声が大きくなっていることに忠之は気がついた。脇には汗をかいていて、拳を握りしめたせいか爪の先が食いこんで手のひらに赤い跡をつくっている。ここで勢いを失ってはいけない。忠之は昂りを抑えながら、呟いた。

「志保美さんだって、こんなことを望んではいないはずだ」

志保美という名前を口にするとき、なぜか、その三文字だけが会話のつなぎ目からはぐれて、ふわりと重みを失い、浮かんでいってしまうような気がした。この名前は自分には触れてはいけないもので、口にしてはいけないものなのかもしれない。志保美という名を口にした瞬間だけ、それまで、つつがなく流れていた時間がつんのめり、淀むような気がする。そして、そのことは秀之にも見透かされている。

「ずいぶん、情けをかけてくれるんだな。あの子たちにも、そして……志保美にも」

秀之の声も低くなった。

「それは俺としてもありがたいけれどね」

そこに座っているままなのに、秀之がじりじりとこちらに、にじり寄ってくるような感覚になった。秀之が放つ一言、一言がだんだんと自分の逃げ道を塞いでいく。

そのあいだ、この弟はずっと口もとに笑みを浮かべている。

「でも、正直さ……言っていいかい？」

「……なんだ？」

「兄さんには……関係ないだろ？　志保美のことも、子どもたちのことも」

「お前……それはないだろ……」

「いいかい？　兄さん。聞いてくれ。俺はこれ以上、迷惑をかけたくないだけなんだ。志保美のことで散々、兄さんには世話になってきた。とても恥ずかしいことだったね、愛人の世話を兄貴に任せるなんて。悪かったと思っている」

なぜそんな言葉を、微笑みのもとに兄に向かって吐けるのだろう。しかし、忠之にはその憤りを、どうやって言葉にして投げ返せばいいのかわからなかった。弟の厚い微笑みの皮を切りつけられるような刃物が、忠之の手にはなかった。

「会社はまだ危ない橋を渡っている途中なんだよ」

「どういうことだ？」

「いやいや、兄さんだって会計事務所で仕事してるんだから、そこらへんはわかってくれるだろ。成長する会社は金まわりに困ることが常だ。事業はとんとん拍子で進むが、その分、走るためのガソリンはあっという間になくなる。金が入ってくるのはゴールテープを切ったあとだしね。資金さえあれば走りきれるのに、それが切れたら、いくらうまくいっていようがエンストでジ・エンドだ」

　両手をせわしなく動かしながら話す癖は子どもの頃から変わっていない。興奮すると秀之は早口になるだけでなく、胸の前で指揮棒でも振るように両手をくるくるとまわしながら喋る。

「あの物件、だいぶ、値上がりしてるんだよ。やっぱり人気があるんだな。あそこを担保に銀行から金を引っ張ることも考えたが、担保にするより、売った方が手っ取り早い。社員の目もある。志保美のことだけを特別扱いするわけにもいかない。経営者としては売り時は逃せない。俺としても仕方がないことだったんだ」

「やはり、あの子たちのことなんて、お前は考えていないじゃないか」

「いや、ちがう、ちがう。考えてあげたうえで言ってるんだ。兄さんも大人だろ。きれいごとばかり言っていてもしょうがないのはわかってくれよ。情はともかく、あの子たちにも少しばかりは金を渡してやれるほうがいいんじゃないか？」

「なんだ、その他人事のような話し振りは。金の話じゃない！　志保美さんが帰ってきたとき、あの二人はあそこにいなきゃだめなんだ！」

　忠之は自分の耳さえ塞ぎたくなった自身の大声に、なかば呆れてしまった。大声というものは出そうと思って出すものではなく、出てしまうものなのだと、そんなどうでもいい気づきに数秒間、放心した。我に返ったとき、秀之からは微笑みが消えていて、その目はこちらを静かに見据えていた。

「兄さん、なんで志保美が帰ってくると思うんだ?」

忠之は呆気にとられて、自分が今、何を問われたのか、一瞬わからなかった。

「志保美から、何か聞いているのか?」

再び、脇の下がじんわりと汗ばむ。心臓の鼓動が肌をつたって喉もとにまで響く気がする。秀之の目はこちらが視線を逸らすことを許してくれそうにはなかった。

「ほんと嘘がつけないね、兄さんは。笑えるよ。顔に出る」

「いや……自分は何も……」

「まぁ、いいさ。別に兄さんが志保美から何を聞いていようが俺は構わない。なぁ、兄さん。兄さんは……志保美に惚れているのか?」

悔しい。この弟が自分に向ける眼差しは、いつもこうだ。

不遜をごまかすための親しみをまとっている。まるでボクサーがリング上で両手のガードを下ろし、相手を挑発するときのようにおどけていて、だが、相手が嫌がることが何かを見抜いている。この対峙において、自分が勝利することを信じて疑っていない。

秀之は首を傾げながら、あえて上目遣いで「ん?」と何度も返事を迫る。

忠之はただ睨みつけて、無言でいることしかできなかった。

「ははは、黙るなよ」

「志保美さんの話をしているんじゃない。あの子たちのために言っているんだ」

「へぇ、そうかい。そんなにあの子どもたちを守ってやりたいなら……兄さん、あんたがあの部屋、買い取ってくれよ。俺としてはちゃんと現金をつくれれば、社内にも面目が立つ。ちゃんと金が入るなら、買うのは誰でもいい。どうだ？」

声に苛立ちが混ざり始めている。いつまでもダウンしない相手にいらいらとして、秀之は蔑《さげす》む心を隠すことさえしなくなってきた。

「親父の会社を相続して、多少、蓄えもあるんだろ？　それを使って買ってくれればいいじゃないか。そうすれば、あの子たちはあそこに住み続けられる。兄さんも好きなだけ、家族ごっこができるよ。そうだ。なんなら兄さんも一緒に暮らせばいいじゃないか。あの兄妹に情が移ったなら、それが一番いい。そうすれば俺も安心だよ。志保美もきっと喜ぶだろう」

忠之はまだ黙っている。だが、それは困惑によって続いている沈黙ではなかった。

自分もここに来るまで、その可能性について考えていたからだ。馬鹿げている。

たしかに馬鹿げているが、それもひとつの手段としてありえる。

いや、もしかしたら、それしかないのかもしれない。

あの愛らしい兄妹の暮らしを守るためには。

志保美の願いを守るためには。

そして、志保美自身をも守るためには……。

あの日の志保美の顔が、また脳裏に浮かぶ。秀之はまさか自分が手を伸ばすとは思っていないだろう。頷くなどとは思っていないだろう。

忠之は意を決して、口にした。

「ああ、買い取るよ。そうする。そうさせてくれ。俺が、あの部屋を買い取る」

対峙する二人のあいだに、刹那の静寂が生まれた。

時間が止まったようだった。

「いやいや、無理だろぉ」

耐えきれず、一気に噴き出されたような言葉だった。上半身はのけぞり、笑い声がこぼれていないのが不思議なくらい大きく口を横に広げ、秀之はこちらに歯を見せている。

それでいて、視線はやはり、兄を射抜いて離さない。

少し前のめりになると、今度は小声でささやいた。

「おい、兄さん……それ、本気で言っているのか？」

秀之の声色がぐっと暗くなり、忠之はおもわず唾を飲み込んだ。

「そうやって勢いで口にして、あの部屋、いくらだと思ってんだ？　兄さんにできるのか。あそこを買って、そのうえで生活する金があるのかって話だよ。あの会計事務所の安い稼ぎで。あれも、俺がつないでやった仕事じゃないか。親父の会社だって、兄さんにくれてやったんだぞ。親父が気に食わなくて、俺が相続を放棄したと本当に思ってたのか？　おめでたいな。親父のあんなちんけな会社でも、兄さんの生活の足しにはなるかと思って、譲ってやったんだ。それもわかっていなかったのか？」

表面上の陽気さを剝《は》いで、本心だけをむき出しにした弟の声が、こちらの感情の皮膚を容赦なく切りつけていく。忠之はそれでもまだ、立っていた。

「志保美から、俺が何も聞いてないと思っているのか？」

秀之はもう容赦がなかった。ささやき声が暗さを増して、どすが利いていく。

「志保美は俺が逃がしたんだ。あいつもわかって逃げている。いいか、よく聞けよ、兄さん。こんな、しがらみばかりの田舎街の開発仕事を、うちみたいな新興の会社がそう簡単にモノにできるわけじゃないんだよ。街のじじいどもに、それなりの根回し、心配りが必要なんだ。俺が今まで、どんなことをしてきたか、品行方正で純朴な兄さんにあらいざらい教えてやろうか？」

忠之は黙っている。

「ぜんぶ、知ってるよ。志保美はそれをぜんぶ知っているんだ。俺のそばに、ずっといたからな。あいつは俺の一番の理解者だ。本当に助けてくれたよ。いろんな意味で助けてくれた、ははは」

「そんな下品な笑い方をするな」

「うるせぇよ。そっちこそ、説教ヅラするな。いいか、会社が前に進むために必要なことがたくさんあった。気が狂うほどにたくさんだ。そのなかには……泥に手を突っ込むようなこともあった」

勝ち誇ったようににんまりと笑っていた弟が、そう言ったきり、蠟燭の火が絶えるように微笑みを失うのだから、忠之は秀之がこれまでたどってきた道の過酷さを、今さらながらに思った。

「警察と税務署が鼻を利かせはじめたらしい」

弟はたしかに、いくつかの汚い修羅場をくぐってきたのだろう。

そして、それをとなりで、あのひとはずっと見てきたはずだ。

「だからな、あいつには……志保美には、いろいろな面倒なモノを持って、しばらく行方をくらましてもらってるんだ。仕方がなかったんだよ。施設に子どもたちを預けることはあいつも知っている。表立って連絡ができないだけだ。ほとぼりが冷めれば帰ってくるはずだ。それは兄さんも、志保美に聞いてるんだろ？　大丈夫だ、兄さん。もう余計なことはしてくれなくていいんだよ。俺と志保美の二人でうまくやるから。兄さんは子どもたちの遊び相手になってくれりゃいいんだ」

忠之は頷きはしなかった。心のひだを、もはや剝き出しに開いている弟の顔を、じっと見ていた。子どもの頃から、ずっと付き合ってきた顔だった。自分はこの男の兄だ。

忠之はなぜか秀之に微笑んでやりたくなった。

しかし、それはもう、できないことなのかもしれない。

これから、ずっと。

7

駅前商業施設の建設工事をめぐる贈収賄事件に絡み、県警捜査2課は前市長の安岡寛信容疑者(48)を収賄容疑で逮捕した。

安岡容疑者の逮捕容疑は、すでに贈賄の容疑で逮捕されている松野建設の社長、松野秀之容疑者(36)から、現金約800万円の賄賂《わいろ》を受けとった疑い。市の発注事業について入札情報を事前に知らせるなど、安岡容疑者が賄賂の見返りに松野建設に便宜を図ったとして捜査2課は裏付けを進めている。また、同事件に絡み、当時、市の都市建設局局長だった久島徹容疑者(59)も、同じく松野容疑者から約100万円の賄賂や、飲食の接待を受けていたとして、収賄容疑で逮捕された。

松野建設は商業施設の建設に関して、市内外の工務店や関連業者に強い影響力を持っており、関係者への取材によると「ショッピングモール建設のことは全部、松野建設を通さないといけないという空気があった」という。

松野容疑者は市内の建設事業取引において、同業他社と数年間にわたって談合を繰り返し、受注業者の選定や取引価格を差配するなどしていて、捜査2課は独占禁止法違反の疑いもあるとみて、松野建設の本社事務所を家宅捜索した。

ショッピングモールの建設事業を統括する、光友不動産ホールディングスは一連の事件を受け「弊社の取引業者や前市長が逮捕されたことは誠に遺憾です。これまでもお答えしてきたとおり、弊社は一連の事件に一切関与しておらず、警察の捜査には全面的に協力してまいります」とコメントしている。

また、前市長の辞職を受けた市長選で当選した西嶋ゆきかず新市長は「前市長や、市の元職員が逮捕された事実を重く受け止めている。駅前開発事業は市民の期待も大きく、その期待を裏切った前市長の罪は大きい。市としては建設事業の一層の透明化を図ったうえで、この街の発展にもっとも寄与する都市開発のあり方を、あらためて一から考えていきたい」とコメントし、開発計画自体の中止には言及しなかった。

*

「令状はあるんですか?」

忠之はすくむ足で、なんとか玄関前に陣取りながら、捜査員の目を見て言った。

眼前にいる捜査員の身長は180センチ以上はあるだろうか、体つきが筋肉質で、着込んだスーツの布地がピンと張っている。さきほどから鼻息が荒い。ドアを開けたら、そのままタックルでもして部屋に突入していくのではないだろうか。

「令状はないんですけどねぇ……。まぁ、任意で捜査にご協力いただきたいという、そういう、お願いです」

「それでは……ご協力できません」

「松野さーん、お願いしますよ」

大きな右腕が忠之の頭越しに玄関ドアまで伸びた。捜査員はドアを背にした忠之に覆いかぶさるようにして、ほとんど見下ろすように睨み、なおも協力を迫ってくる。

もはや、不良少年のカツアゲではないか。中学生の頃、近所の悪ガキに駅前で同様のことをされたことがある。馬鹿にしやがって。よほど気弱に見えるんだろう。こんな男ならちょっとばかし威圧すれば、すぐに折れるはずだと、たかをくくっている。そういう態度が嫌なのだ。秀之もそうだった。そういうすべてが嫌なのだ。

「〝私の家〟を調べられるいわれはない！」

ほとんど絶叫に近かった。目の前の捜査員だけでなく、後ろに待機していた数人の捜査員も、一斉にびくりと身を震わせた。通路脇の柵に止まっていたカラスでさえ、声に驚いて飛び去った。叫んでしまったという後悔は無い。もう覚悟を決めたのだ。

「弟の会社の経営と私は無関係だ！」

「ええ、わかっています。松野さん、少し、落ち着きましょう」

「私は落ち着いている。あなたがたの侮蔑的な態度に怒っているんだ」

捜査員はようやく一歩下がり、忠之とのあいだに距離をとったうえで、頭を下げた。

「失礼があったのなら、お詫びします。松野さん、我々はあなたを追い詰めようと思っているわけじゃないんです。この物件にはつい先日まで、弟さんの不正に関わったとみられる同社社員の津山志保美が住んでいた。津山はご存知の通り、行方がわかりません。津山が不正の証拠を自宅に隠し持っていた可能性もある。あるいは津山の行方につながるものがここにあるかもしれない。それをちょっとだけ調べさせていただきたい、それだけなんです。ご理解くださいよ」

つくり笑いが下手くそだ。そんな不格好な微笑みで、こちらを手懐《てなず》けたつもりか。

秀之なら、微笑みながらもこちらへの睨みは外さない。そして急に黙り込み、沈黙をほどよく挟んで、絶妙な間合いで「兄さん」と切り出す。こちらが返事をしたくなってしまう瞬間をあの男は逃したりはしない。

私の弟は愚鈍な男ではない。私の弟は恐ろしい男なのだから。

「もうこの物件は私が買い取った」

今度は忠之のほうが一歩前にでた。距離を詰め、下から突き上げるように額を捜査員の顎のあたりに近づけた。上目遣いで睨み返す。捜査員が苦笑しても、気にしない。

「ここに住んでいた兄妹も、もう、ここにはいない。犯罪に関わったかもしれない人間の家族をとどまらせておくわけにはいかないからな。私が追い払ったんだ。私は彼らとは戸籍上のつながりもない。何の関係もない赤の他人だ。もうここは完全に私の自宅なんだ。もう一度言う。〝私の家〟をなぜ、警察に調べられなきゃいけないんだ」

筋肉質な捜査員の後方に、白髪混じりの小身で、もう少し年長の捜査員が控えていた。

彼のほうが先輩格なのか、その捜査員がすっと前に出ると、筋肉質な捜査員の方は自然と身を横にかわした。愛想笑いなどしない。目が据わっていて、よっぽど凄みがある。

「松野さん。あなたと津山一家が親しかったことはこちらもわかってるんだ。子どもらは施設に移ったが、不思議なことに家具一式はどこにも引き渡した様子がない。あんたが処分したのか？　いやぁ、そんな形跡はない。家具はこのなかにある。おかしいだろう、前の住人の家具を残しておくなんて。明らかに〝意図〟がある。なぁ、あんた、津山志保美と何か言い合わせているんじゃないか？」

この白髪混じりの捜査員はおそらく、どんなにささいな表情の変化も見逃してはくれないだろう。唾液が尽きて、口のなかが乾いている。喉がひりつくほどだ。

「あんたさ……変なもの、送ってないよな？」

問いかけが、触れられては困るところに近づいている。

覚悟はしていたが、いざ切っ先が迫ると思考が固まってしまう。だが、慌ててはいけない。あらかじめ何度も、この場面は考えていた。

「これは尋問ですか？　何度も言っている。私は弟のいざこざにはもう巻き込まれたくないんだ。弟から現金が足りないとせがまれて、それならばとここを買ってやった。本当なら松野建設か、あの家族に家賃をもらうはずだったんだ。それもおじゃんになって、こっちだって、とんだ迷惑なんだよ。家具だってあの子たちが持っていけないと言うから、温情でもらってやっただけだ。任意の捜査なんだろ、もう何も答えたくない」

焦りが見透かされようと構わない。棒読みでセリフをなぞるようだったが、忠之は早口で言いきった。捜査員はなおも睨んでいたが、ため息をついて、首を振った。

「まぁ、いいです。でもね、あまり捜査にご協力いただけないなら、弟さん同様にあなた自身も疑われることになりますよ。それでもいいんですか？」

「疑うなら、疑えばいい。私は何も関わっていないのだから。もういいだろ！」

忠之はもう一度、大声を出し「離れろ！」と叫ぶと、そのままの勢いで背にしていたドアを後ろ手で開き、部屋の中へと入って内から鍵をかけた。ドアを素手で叩く音が何度か響き、チャイムは繰り返し鳴ったが、もうドアを開けるつもりはなかった。


松野建設が絡んだ贈収賄事件の捜査が、前市長の逮捕に至るまで進展したのは、所管警察署に匿名で送られた封書がきっかけだった。

封書には前市長や市の関係者、近隣の建設業の有力者らと、秀之が再三にわたって会食を繰り返していた面談記録や、その際に残された入札情報を示したメモ、前市長の親族会社などに金を送った振り込み記録などが入っていた。

そのうえで封書には駅前のコインロッカーを指し示す、ロッカー番号が書かれたメモも封入されていた。捜査員がロッカーを調べると、そこにはカセットテープが剝き出しのままで置かれており、テープには秀之と前市長の会話の一部が録音されていた。

封書を送ったのは、忠之だった。

「秀之さんは、私たち家族のことを切り捨てようとしています」

あのとき、志保美はあまりにも淡々と口にした。

志保美が失踪する数ヶ月前のサンパレス桜ヶ丘、6号棟、501号室。

子どもたちがテレビのジャイアンツ戦に夢中になっているうしろで、志保美はあの穏やかな微笑みを顔から剝がし、そっとテーブルの上に置くようにして、落ち着いた声で語り出した。テレビから聴こえる野球中継の音声のほうが、よほどうるさかった。今から受け渡される伝言は、自分がしっかりと聞きとらなければ、浜辺に描いた文字のように音の波に攫《さら》われ、消されてしまうかもしれない。忠之は耳をそばだて、息を吞んだことを覚えている。

「私のことはどうにでもなります。ひとりでも生きていけます」

その言葉に首を振ることも、相槌を打つことも忠之にはためらわれた。

志保美が切り出そうとしていることを、忠之は少しも遮《さえぎ》りたくなかった。

「ただ、あの子たちには、ちゃんとした暮らしをさせてあげたい。私が願っていたのは、それだけでした」

志保美は、社長であり、恋人でもあった、松野秀之を脅していた。

秀之の秘書であった立場を利用し、会社の不正の証拠をいくつか揃え、それらの存在をちらつかせ、秀之に迫っていた。

不正を明るみに出さない条件はただひとつ。

「兄妹」の生活を守り続けること。

「つい最近まで、あのひとは相当に追い詰められていました。入ってくるお金と、出ていくお金。味方になるひとと、敵になるひと。それらがめまぐるしく、毎月、毎週、毎日、渦みたいに変わっていった」

はたからは順調に見えても、身の丈を超えた速度の事業成長のなかで、松野建設の経営は、ひび割れた薄氷を次々と踏み潰して進むような状態だったらしい。表の事業でも、あるいは裏の根回しでも、湯水のごとく現金は必要で、秀之はずいぶん無茶な立ち回りをしていたという。

「発注元のゼネコンに、だいぶ乱暴なことを押し付けられていたんです。その一方で地元の業者たちからの突き上げも凄かった。松野建設はこの街の建設業のひとたちに頼られてもいたし、妬《ねた》まれてもいました。現場からあがってくる要望を調整したり、ときには業者どうしのトラブルを仲裁したり。ヤクザまがいの人たちが会社に乗り込んでくることもありました。下請けをまとめるのって、きれいごとだけではありません」

志保美の口調に抑揚はなかった。

秀之がたどってきたことを、ただ、すらすらと語り続けていた。言い淀むことがない。記憶をたどり直すような間もない。すべてをかたわらで見てきたことの重みが、彼女を静かに語らせているのだと、忠之は思った。

「でも、古臭いこの街の建設業を、あのひとは本気で変えようと思っていたんです。このチャンスを逃したら、この街はもう変われない。ときには自分を鼓舞するように、ときには熱にうなされるように、ずっと、そう言っていました。それが、あのひとの大義だったんでしょう」

おどけたような笑顔。ときに周囲の気を引こうと、わざと不埒《ふらち》な態度を見せて、自らすすんで露悪的に振る舞う。それでいて、どこか憎めない愛嬌が、ひどいやんちゃが生み出すささくれを、いつのまにか丸く切り取ってしまう。そうやって弟は、いつもいけ好かない男として振る舞っていたが、軽薄に見えるその心の奥には意外にも、おのれが歩くと決めた道筋はけして外れようとしない、頑ななこだわりのようなものがあった。

自分が見てきた松野秀之は、彼女が見てきた松野秀之と近いのではないか。志保美に対して感じるこの親しみは、同じ人間をそばで目の当たりにしてきたゆえではないか。

自分が知っている〝あの弟〟を、このひとは愛してくれていた。

「清濁併せ呑む。そう言って、最初は痩せ我慢していました。でも、堪えきれなかった。あのひとは変わっていきました。たぶん、濁のほうを喰らいすぎたんです。市長の懐柔が首尾良く運んだ頃から、彼は周囲の人間を切るようになりました。身内の社員だけじゃない。それまでただの一社も見捨てることのなかった地元企業も、あっさりと取引を見限ってしまうようになった。潰したい相手を都合よく、手っ取り早く、敵に仕立てるようになっていきました。変わり始めたら早かった……。あっという間に濁っていきました。だから、なんとなく、わかっていました。私もいずれ……」

そもそも、二人の関係は清算されつつあった。

関係の終焉が訪れたとき、自分は当然ながら職を失うだろうし、この家からも、子どもたちと一緒に追い出されるだろう。秀之なら、この家を売却することも迷わないはずだ。成長にひた走り、息切れに喘《あえ》いでいるこの会社は、自由にできる現金を常に欲しがっている。そうやって、ひとつひとつ、秀之がとりうる行動を考えたとき、志保美はさらにたちの悪い予感に気がついてしまった。

「私は彼の近くにいすぎたんです」

不正にまつわるやりとりや、金の受け渡しに、志保美は少なからず関わっていた。

あらゆる現場を目にして、あらゆる会話を耳にしていた。ときに秀之の指示を受け、志保美自身の手が、その金を触り、運び、届けてはならないところに届けたこともあった。それは志保美もまた、秀之が直面している危機と同様のものに向き合わなければいけないということに他ならなかった。

「あのひとは、どんなことをしてでも、会社を成長させようとしてきたひとです。それを奪われるのなら、それこそ手につかめるものすべてを利用して、足掻くでしょう。私のことだって例外じゃない。使い捨ての盾にできると思ったら、迷わないはずです。責めているんじゃないんです。責める資格は私にはない。だって、ずっとあのひとのそばに寄り添って、それを助けてきたのも、それを許してきたのも、私ですから」

これまでの不正のスケープゴートに、秘書、津山志保美の存在が使われてしまうかもしれない。志保美はその危険に気づいてしまった。

すべてを自分に擦《なす》りつけることが、果たして可能だろうか。

いや、あの松野秀之なら、それをやりきってしまう。

「私が捕まることは、もういいんです。それは覚悟すればいいこと。でも、私にも、あのひとにとっての会社と同じように、どんなことをしてでも守りたいものがある……」

子どもたちはどうなるのか。犯罪者の子どもとなって、世間の厳しい視線や粗暴な言葉に晒されて、幼い兄妹二人きり、あの家から放り出される。路頭に迷う。

あのひとが本気になる前に、早く手を打たないといけない。

私が今、できることはなにか。

――あなたが手を下してきた贈賄の証拠が今、私の家にあります――

「そう告げたとき、秀之さんは笑っていました。そうか、そうか、と何度も繰り返しながら、まるで、こちらをねぎらうような口ぶりだった。哀しかったです。あのひと、笑いながら泣いていました。お父様が亡くなられたときも同じでした。社長室の受話器を握ってそうか、そうか、親父が逝きやがったかと、あのときも笑いながら泣いていました。あのひとはもう、哀しい顔して泣けない人間なんです」

秀之がこちらを嵌《は》めることを、未然に防ぐ。

あるいは、それだけではない。

愛していた秀之がこれ以上、汚いものに濁っていくことを止める……。

志保美なりの、賭けだった。

――やっぱりお前はいい女だ。すごい女だ。俺を脅して刺し違えようだなんて――

「ずいぶんと気障《きざ》なセリフでした。古い映画の悪役みたいで、芝居臭かった。彼も言ったそばから照れたような顔をして。おたがい睨みあっていたら、可笑しくなって、最後は二人で吹き出してしまいました。そして私も笑いながら、泣きました、こんな日が来るなんて、二人とも思っていませんでしたから」

たがいに引き金に指をかけたような関係となった。志保美は愛おしい我が子である駿介と深春の未来を。秀之は人生そのものを投じてきた松野建設という会社を。

それぞれに絶対に守りたいものを人質にして、二人は睨み合った。

「本当に嫌なゲームです。でも、あのひとをずっと許してきた私は、あのひとと向き合わなきゃいけない。いや、もう私しか、あのひとに向き合ってあげられる人間はいないんだと思います。それがわかっているから、あのひとも……」

志保美は小さな鍵を差し出した。

それは駿介の子ども机の引き出しの鍵だった。

「会社の財務状況は以前よりも悪くなっています。古い社員が連れ立って辞めたりもしている。市長との関係も安心できるものではありません。秀之さんはもっと追い詰められていくかもしれない。そうなったとき、あのひとは自分の業に勝てないと思います。きっとこのゲームそのものを潰しにかかってくる……」

机の引き出しのなかに、封書をしまっておく。

Ａ４サイズの無地の茶封筒で、どこかの書類棚に紛れたら、途端に他と区別がつかなくなるような、何の変哲もない封筒であることが、逆に不気味だった。

そこに、私がまとめた、これまでの贈賄の証拠が入れてある。

志保美はそう忠之に告げると、これからのことについて語り始めた。

「私は遠くへ行きます。この封書はここに置いていきます。ですが、この封書を〝持って逃げた〟と見せかけます。それでも十分、彼を牽制することにはなるでしょう。でも彼は甘くない。方々に根回しをして、いっそ証拠そのものの信用を潰して、意味のないものにすることだってありえます。あのひとはなんでもします。なんでもやり遂げてしまう」

なぜか志保美は少し誇らしげだった。自分が愛した男の強靱な胆力と、それにふさわしい有能さを、このひとは憎みきれないのかもしれない。

だが、一方で忠之は、そうやって秀之の恐ろしさを口にしながら、それでもなお、かすかな余裕を漂わせている志保美に、秀之よりも深い執念を感じた。

「忠之さん。私はもうひとつ、カードを持っているんです」

自分が家を離れたあと、あの子たち兄妹の暮らしに、どうか手を差し伸べてやってほしい。あの子たちのことを、どうか、守ってあげてほしい。でも、それがもし、あのひとによって、松野秀之によって、打ちくだかれそうなときが来たら。

「市長と秀之さんの会話が録音されたカセットテープがあります」

志保美の最後の切り札を、忠之は託された。

思い出してみれば、物件の査定などとうそぶいて、部屋に社員を送り込んだのも、あの家族が住む家のなかに危ないものが残されていないか、ひととおり、見回りをさせるためだったのだろう。家にいるのは小学生の兄妹だけだから、たとえ乱雑に家の中をあさっても、止められはしないし、どうにでも言いくるめることができる。

しかし、〝見回り〟はあくまで念の為だ。

あのとき、秀之は本気であの部屋を売り払い、すぐにでも現金に変えようとしていた。

それはつまり志保美が最初にちらつかせた証拠たちが、秀之にはもう脅威だとは思われていなかったということだ。志保美が恐れていた通りになった。

このままでは子どもたちの生活が奪われてしまう。

志保美がいいように罪を着せられてしまう。

「僕たちはもう赤の他人だ」

瞳がこちらを見ていた。無垢でまっさらなガラスが、世界のすべてを撥ね返していた。

「悪いが一緒には住めない。出ていきなさい」

二人の瞳には美しいものは美しく、醜《みにく》いものは醜く映ってしまう。それはあまりに無防備だ。深春は意味がわからず、ぽかんとしていた。しかし、駿介は違った。

澄み切った瞳の表面に、こちらが落としてしまった一滴の悪意が滲むのが見えた気がした。その悪意が彼を変えていく。変えてしまう。覚醒させていく。覚醒させてしまう。怒りが瞳を一気に覆って、目に見えるものすべてを、彼から遠ざけてしまう。

彼は怒りしか見えなくなる。彼は怒りのなかでひとりになる。

そうさせたのは自分なのだ。ああ、とんでもないことを。

駿介は泣き叫んだ。この部屋の、愛おしい静けさが、無くなるほどに。

サンパレス桜ヶ丘、6号棟、501号室。

自分が購入し、自分が住む。

自分の所有物にすれば警察も、むやみに手は出せないはずだ。

忠之が守りたいのは、あの三人の家族だった。

兄妹だけでない。志保美だけでもない。三人を全員、守りたかった。

そのために忠之はサンパレス桜ヶ丘の家から、兄妹を追い出した。


警察に送る前に、忠之は志保美から預かった封書の封を開けた。

それは志保美の指示にはない行動だった。中に封入された、すべての証拠を念入りにあらためた。これでも会計事務所の事務員をしている。どのようなものが危ういやりとりになるのか、匂いを嗅ぎ取ることくらいはできる。そのなかで、忠之は志保美が関与していることが明確にわかるものだけを引き抜いた。

カセットテープの内容もすべて聞いた。地元から少し離れた大きな街にある家電量販店に入り、ダビング機能のついたダブルカセットデッキを購入した。それなりに高くついたが、そんなことはもはやどうでもよかった。収録された会話のなかで、志保美の声が入った部分だけを丁寧に避けて、ダビングテープをつくった。ダビングに失敗して証拠が消えてしまったりしたら、すべてが台無しになるので、録音ボタンを押すときは手が震えた。

素人ができる細工など、この程度だ。

警察は必ず、送られてきた証拠から秘書の津山志保美の存在が消されていることを読み取るだろう。当然、この証拠は津山志保美から出されたものだと確信するはずだ。そのうえで志保美の行方を調べる。編集が施されていない証拠の〝原本〟がどこかにあるのではないかと、彼らが探し始めても、おかしくない。

兄妹が住み続けていれば、この家は津山家の住宅ということになる。子ども相手に歯止めもない。母親を犯罪者扱いして、家宅捜索をして、部屋のなかを無茶苦茶にすることなど簡単だろう。しかし、自分がこの家を購入して、子どもたちを追い出し、そのまま住みつけば、ここは事件には無関係の人間の自宅となる。いくら警察でも、それを令状もなく、簡単には捜索できないはずだ。

やがて、警察は自分と津山一家とのつながりについて疑うだろう。グルになっているのではないかと。でも、それも兄妹を追い出すことで、うやむやにできる。

子どもたちは自分の意図を知らない。もし、自分の意図を知ってしまったら、警察の大人たちに凄まれて、思わず口からこぼしてしまうかもしれない。子どもたちはとにかく、この情けない男を、裏切り者の悪いやつだと思ってくれていればいい。

案の定、警察は兄妹たちが移された施設にまで赴き、話を聞こうとしたらしい。

兄妹には何度も「守ってあげる」と言い聞かせてきた。やがてそれが嘘になることをわかっていながら、笑顔をつくって「大丈夫だ」と慰めてきた。

つらかったがそれでいい。捜査員の前で、あの無垢な瞳で自分への怒りをぶちまけてほしい。そうすれば、よほど警察は困惑するだろう。彼らは追えば追うほど、津山一家と、この自分とのつながりに自信を持てなくなる。

あとは、こんくらべだ。

事件の首謀者だった秀之を逮捕して、あげく、本丸の市長まで逮捕できた。ほとんど大きな花火は打ち上がったはずだ。一介の秘書にすぎない志保美を警察は追い続けるだろうか。きっと、どこかで区切りをつけるはずだ。

あのひとを守ってあげたい。あの兄妹を守ってあげたい。あの家族を守ってあげたい。

自分を少しでも必要としてくれた彼らの、役に立ちたい。

忠之の人生において、これほどまでに危険な賭けはなかった。

その賭けは、逮捕された松野秀之が取り調べにおいて罪を認め、この事件は自分が主導したものであるとして、仔細にわたるまで全容を供述したことで、勝負が決まった。

「兄さんが家を買うって言ったときに、ああ、俺は負けるかもしれないと思ったんだ。あいつだけなら、刺し違えで済むけどな、兄さんまで加わったら、2対1で勝負ありだ。そりゃ負けるよ。ははは。でも、いい負け方だったよ。これで、よかった。最後にずいぶん手間をかけちゃったな。ごめんね、兄さん」

拘置所で接見した秀之に、忠之はほとんど言葉をかけることができなかった。

面談の内容は記録されている。事件については深く語れない。志保美の名を口にすることさえ、できなかった。秀之が笑顔をつくり、何度も笑い声をあげるのに対して、忠之はただ黙って涙を流し、微笑み返してやることさえ、できなかった。

「最後におこまり笑顔、見せてほしかったな。俺はそれでけっこう気が楽になってたんだぜ。ありがとうな」

大人になってから、弟に感謝を告げられるのは、いつも都合よく自分を使われたときばかりだった。だが、久しぶりに聞いた「ありがとう」には何の屈託もなかった。子どもの頃、歳の離れた秀之の遊びに付き合ってやって「お兄ちゃん」と呼びかけられ、嬉しそうに笑顔を返された瞬間を思い出した。やりきれなかった。

「まぁ、また寒くなるから、からだに気をつけろよ。あの部屋、風が強いだろ。兄さん、またな」

サンパレス桜ヶ丘、6号棟、501号室。

リビングに残された二つの子ども机の右側。駿介の机の引き出しの裏には、付箋《ふせん》が貼られていた。付箋は何度か剥がされたようで、すでにもとの粘着力を失い、セロテープで貼り直されていた。

「必ず、帰ってくるね」

志保美の筆跡だった。この付箋を何度も剥がし、その手にのせて見つめていたのはおそらくあの子であろう。彼らを自分は本当に守れたのだろうか。

忠之はベランダに目をやった。もうすぐ冬になる。

拘置所はさぞかし、寒かっただろう。施設が古く、暖房もつけられていないと聞いた。何もあんなに寒いところで、眠らなくてもよかった。

駿介の机のうえに、秀之の弁護士から送られてきた通知を置いた。

被告人、松野秀之は、拘置所内で死亡した。

自死だった。

第四章

1

令和　松野はると

だいたいのことは自分でできる。

先生や、あのお姉さんに言ったことは嘘じゃない。

自由帳のページを一枚ちぎって、冷蔵庫のドアのところにマグネットで貼りつける。マグネットは何かのアニメのやつだけれど、自分の知らないキャラクターだ。ポケモンでもないし、ナルトでもない。おじいちゃんはママが小さい頃に流行《はや》ったやつだと言ってた。キャラクターの目が緑色なんだけど、色が剝げちゃって、白眼みたいになってて、僕はもう慣れたから怖くないけど、他のひとにはたぶん、けっこう気色悪いんだと思う。

貼った紙になんでも書く。卵の賞味期限とか。スーパーのセールの日とか。洗濯機を何時にまわすとか。学校に出すプリントのこともそうだし、大森先生の携帯電話の番号も。あと、見たいテレビが流れる時間も。とにかく、ここを見れば、いろいろ大丈夫ってしてておきたくて、朝起きたら冷蔵庫の前にくる。冷蔵庫に挨拶してるみたいで、おかしい。

考えたら、この家で一番新しいのが、この冷蔵庫だ。冷蔵庫が一番の新入りだ。おじいちゃんはとにかくモノを捨てないし、新しいものは買わない。冷蔵庫だって壊れるぎりぎりまで前の古いやつを使ってた。新しい冷蔵庫を運んでくれて、古いやつを持っていってくれたヤマトのお兄さんが驚いてた。こんな古いの、なかなか見ないって。

テレビも前のやつはアナログっていって、今と違う仕組みのやつだったらしくて、それだと本当に放送が見れなくなって。見れなくなったのに、おじいちゃんは置いたままにしてあって、小学校1年生のときに、さんざん僕が頼んでやっと買ってくれた。

でも、めっちゃ安い機種でハードディスクがついてないから、録画ができない。見たいやつはぜったい、その時間に見ないといけない。ネットなんてうちの家には通ってないし、おじいちゃんのスマホはよくわかんないメーカーのやつで、すぐに速度制限がかかる。そもそも子どもが使うもんじゃないって言って貸してくれないし。だからYouTubeはほとんど見てなくて、それだけが学校で困る。うまく話を合わせるのがたいへんだ。

おじいちゃんは日めくりカレンダーを毎朝、ぜったいに見る。

冷蔵庫のなんでも書くシートの隣に貼ってある。だから冷蔵庫の前で僕とおじいちゃんは毎朝、横に並んでる。やっぱり冷蔵庫に挨拶してるみたいだ。

おじいちゃんはたぶん、曜日とか、日付とかが、わからなくなってる。僕のことをまだ2年生だと思ってるし。毎朝、真剣になって日めくりカレンダーを見る。そこで曜日と日付を確認して、自分がやらなきゃいけないことを考えてるんだと思う。

日めくりカレンダーをめくるのを忘れたときは最悪だ。

ゴミ出しで近所のおばちゃんに怒鳴られたときも、結局はカレンダーのめくり忘れが原因だった。おじいちゃんは日めくりカレンダーを信じすぎなんだ。毎日、夜、寝る前にめくらなきゃいけない。それは僕がこの家で、ぜったいに忘れちゃいけないことだ。

おじいちゃんはもともときっちりした性格だから、変になる前も、同じことを繰り返すのが得意だった。ルーティーンってやつだ。昔から繰り返していたことは忘れない。こっちがやめてほしいことまで同じ習慣で過ごす。ピアノ教室なんて、もうずいぶん前にやめたのに、毎週火曜日になると「今日はピアノだな」って言ってくる。

繰り返してくれて楽なこともある。毎月15日には銀行に行って、お金を引き出してきてくれる。キッチンのところに小分けのプラスチックケースがあって、そこに買い物用のお金を入れてくれる。ほんとうは薬とかを入れるやつらしいけれど、小銭も入れられて、べんりだ。僕も買い物ができる。昔はおじいちゃんが買い出しに行ってたけど、最近はほとんど僕が行ってる。そのほうが牛乳を何度も買ってくるみたいなことがなくていい。ほんと、なんであんなに牛乳を毎回買ってくるんだろう。あとアポロのチョコもだ。あれもたくさん買ってくる。まぁ、僕はあれが好きだから、それは別にいいんだけど。

いつ銀行からお金がなくなるか、正直こわい。通帳をのぞきたいけれど、銀行から帰ってくると、おじいちゃんは通帳をすぐに鍵のついた小さな金庫に入れちゃう。これも昔からの習慣。変に用心深い。事務員の盛田さんとも最近は会ってないみたいだ。盛田さんがいてくれると安心なんだけれど、どうして会わなくなっちゃったんだろう。

月の最後あたりになると「今月は手紙が来ないな」って言う。

ママからの手紙がこなくなって1年くらいたつ。最近は面倒臭いから「こないだ受け取ったよ」と言うようにしてる。手紙は少し前から、変な感じの文章になってた。前は僕が書いたことにもちゃんと触れてくれて、返事って感じがしたのに、最近はなんか……いつも同じようなことが書いてあって。それで去年くらいから、こなくなった。本当にママが書いたのって聞きたくなるときもあるけれど、こわくて聞けない。それに僕はそんなにママのことを覚えてない。ぜんぶ、おじいちゃんから聞いて、想像するくらいしかできないから。この手紙が本当にママが書いたやつかどうかなんて、結局、わからない。

民生委員さんも、学校の先生も、近所のひとたちも、僕のことを心配してくれる。でも、かわいそうだなって目で見られるのは、なんか嫌な気分になる。おじいちゃんがいろいろやっちゃって、迷惑をかけているのはわかっている。でも、僕にはおじいちゃんしかいないし、おじいちゃんと一緒にママを待ちたい。おじいちゃんと離れ離れになるのだけは困るし、嫌だ。ぜったいに嫌だ。だから、自分が頑張らないといけない。もうちょっと頑張れば、ママが……お母さんが帰ってくるはずだから。

銀行からハガキがきてた。漢字を調べたら〝とくそくじょう〟って読むらしい。お金を払わなきゃいけないらしい。おじいちゃんに見せても「大丈夫だから」って言うだけ。何日かしたら、忘れてる。大丈夫なのかな。

いや、本当はどうすればいいのかわからなくて、不安だ。

僕ができることって、もう、ない気がする。

おじいちゃんに見せてないものがある。家のなかでみつけた。

勉強机の引き出しの裏に貼ってあった。メモみたいなやつ。勉強机に貼ってあったんだから、僕に向けたメッセージだと思う。いつもの手紙と文字の雰囲気が違うし。

だから僕は、これが本当の……ママが書いたものだと思ってる。

たぶん、いや、ぜったい、そうだと思う。そうじゃなきゃ嫌だ。

「必ず、帰ってくるね」

そう書いてある。さびしくてたまらないときに、ひとりで握ってる。

シワにならないように、ふんわりとだけれど。大切に握ってる。

早く、帰ってきてほしい。ママ、早く帰ってきて。

2

松野紗穂

クリーム色の配膳プレートを扉脇の所定の位置に置く。

刑務官の呼びかけには間を置かずに応え、称呼《しょうこ》番号と名字をやや早口で叫ぶ。

刑務作業は16時40分に終わり、17時からが夕食だが、だいたい15分程度で食べ終えてしまう。配膳プレートを刑務官に引き渡せば、そこからは消灯時間の20時45分までが自由時間となり、房のなかで気ままに過ごせる。

この生活に慣れてしまったことが、いいことなのか、悪いことなのか、わからない。

独居房の壁に背中を合わせ、松野紗穂は畳の上に足を投げ出した。

毎日きっかり8時間の刑務作業は立ちっ放しなのが少しつらい。夕食後にいつも、太ももや、ふくらはぎを両手で揉み、簡単なマッサージをする。紗穂にとっては、このささやかなマッサージが日々の精神のリズムを保つ儀式だった。

筋肉は張っているが、自分の肌にはまだ弾力がある。男たちにあれほど誇らしげに見せていた肌も、今ではもちろん誰に晒すこともない。この数年のあいだに、若さが自分から剝がれ落ちてしまうんじゃないかと思えて、さすがに少し寂しかった。太ももを撫でながら、いまだ残っている肉の柔らかさを確かめることで、なんとか自分が女であることを保っている気がする。

2畳半ほどの畳に小さな洗面台と洋式トイレ。部屋全体で測れば3畳よりは少し広いくらいか。独居房は他の受刑者に気を使わなくていいので性に合っていた。

初めて雑居房から独居房へ移れと命じられたときは、ずいぶん不安に感じた。独居房は懲罰的な意味合いがあると聞いていたからだ。しかし、何のことはない。最近は受刑者どうしのトラブルを軽減させるために、収監から日が経ち、刑務所生活に慣れ始めた者からどんどん独居房に入れていくのだという。この刑務所は比較的最近に建てられたものなので、そういった方針を受け、そもそも独居房のほうが多く設置されているらしい。

店にいた頃も、バックヤードで他の女の子たちと駄弁《だべ》るのは得意じゃなかった。客相手だと陽気に喋れたし、それなりに上機嫌にさせることもできたけれど、喋り相手が同じ女だと途端に話題に困ってしまって、うぶな人見知りのように振る舞ってしまう。刑務所のなかでも、それは変わらなかった。

部屋替えは何度かあったが、独居房はどこも同じつくりなので、房内の景色は変わらない。刑務作業から房に戻ってくると、ふっと息をついて安堵さえしてしまう。もう何年入っているのか。あまり数え直したくない。

久々に届いた手紙は、忠之からのものではなかった。収監されてから、ずっと定期的に届いていた忠之からの手紙は1年ほど前から途絶えている。そこには必ず、はるとの写真が同封されていて、紗穂の心を支えていたが、それも見ることができなくなっていた。

無表情の刑務官から封筒を差し出されたときは、おもわず「手紙ですか」と声に出してしまったが「そうだ」と低い声が返ってくる頃には、差出人が忠之ではないことを理解して、こちらも表情をなくしてしまった。

手紙は忠之の会社の事務員をしていた盛田潤子からだった。相変わらず、盛田の字は達筆だった。大人になった今も、丸みがかった子どもっぽい字しか書くことのできない紗穂からすると、ハネやトメがはっきりしていて、文字のバランスも整然としている盛田の字は眩しささえ感じる。しばらく封筒に書かれた宛名を眺めてしまった。忠之からではなく盛田から直接送ってくるということは、あまり良い内容ではないのかもしれない。

忠之に何かあったたか。


松野忠之は、つまらない客だった。

毎週木曜日の17時。開店と同時に店にやって来た。他の曜日には来ない。習い事にでも通うかのように、決まりきって同じ時間に来た。そして自分を指名する。あの男が自分の何を気に入っていたのか、紗穂はいまだにわからない。

いつもくたびれた白いワイシャツにベージュかグレーか、地味な色合いをした薄手のカーディガンを羽織っていた。シャツは首もとまでボタンが留められ、意外なほどに指は綺麗で、爪が女のようだなと思った。おしぼりを渡すと、それで手を拭いて丁寧に折り畳み、テーブルの隅に置く。几帳面な仕草が学校の先生のようでおかしかった。

太い客と呼べるほど金を落とすわけではない。酒もほとんど飲まない。コーラとかオレンジジュースとか、ソフトドリンクを何度か飲み変えるだけだ。だが、少なくとも指名料は望めるから、紗穂も木曜日は必ず出勤するようにしていた。

面倒な客ではなかった。会話はこちらの世間話を聞いてもらうことばかり。忠之はただニコニコとしているだけで、自分から話すことはなかった。それはそれで疲れるときもあったが、変な下心を出してくることはないので、気楽だった。

きっかり2時間店にいて、19時には帰る。アフターや同伴を誘ってくることもない。メールやLINEさえ、してこなかった。結局、この老人が良客であることに間違いはなくて、紗穂は忠之の顔を店で見ると、ほっとするようになっていた。

ひどい店だった。

いや、三人目の店長となったあの男が店を変えてしまったのだと思う。

風貌にいかがわしさはなかった。色白というよりは顔の血色が悪く、彫りの浅い平べったい顔つきが頼りなくも見えた。口調は誰に対しても丁寧で、黒服然としたダブルのベストを着ていなければ昼間の世界の人間にしか見えない。もともと銀行員をしていたという噂まであった。だが、一重まぶたの細い目もとには相手を安心させない鋭さがあった。笑うと細い目が線のようになり黒目のありかがわからなくなる。それが余計に怖かった。

客の情報をやたら知りたがる。最初は商売に熱心なだけかと思ったが、家族構成だったり、勤めている会社の名前や部署名だったり、どうも客の身の上にまつわることばかり知りたがって、だんだん不穏に思えてきた。

からくりはシンプルだった。客のなかで面倒だったり、金使いが派手な人間がいると、接客につかせた女もつかって、その客の身辺を洗い、家族なり会社なりに、ゆすり、たかりの糸口をみつける。店外の仲間に情報を流し、あとはじっくり追い込んでいく。

オレオレ詐欺などと言われて流行ったシノギも、どこの誰だかわからない見ず知らずの老人を狙うより、ある程度材料がそろった人間をピンポイントに叩く方がうまくいく。実在の会社や人物の名前をかたり、事前に嗅ぎつけたその人間の弱みにアプローチする。ときに騙し、ときに脅し、あらゆるかたちで金をかすめとる。弱みの摑み方が周到だから、運悪くターゲットにされた男たちはなかなか被害を警察には届けない。

紗穂の客も何人か、やられていた。信じられないのは、やられた男たちがそれでも店に来ることだった。どう騙され、どう脅されていたのか。怯えたような顔をしながら、店では見栄を張って金を使うからおかしかった。

店長の男は狡猾《こうかつ》で、情報を拾った店の女たちにも、ちゃんと分け前を渡した。そうすることで女たちは、いつの間にかゲーム感覚になっていき、どれだけ旨味のある情報を客から聞き出せるか、競い合うようになった。ドレスの胸もとに小型マイクを仕込むのがキャスト内で流行ったりもした。誰もがクズすぎて呆れてしまうけれど、あの頃は変な高揚があって、キャストも黒服もひとかたまりになって、奇妙なチーム意識が芽生えていた。店のなかは、ただの狩り場になっていた。

最初は乗り気ではなかった……と、うそぶくつもりもない。紗穂も、やはり金は欲しかったし、扱いに困る横柄な男たちが、みるみるうちに行儀よくなっていく様は、見ていて痛快だった。だが、それでも紗穂は忠之だけはターゲットにできなかった。

周囲からあのじいさんもと勧められたが「やめてよ。あのひとは私の癒しキャラなんだから」と冗談にして、やんわり断った。地味な身なりで金の匂いがしなかったこと。身寄りがなく、たかる糸口がみつかりにくかったこと。理由は様々だが、忠之はこの店に垂らされている釣り針にはついに最後まで触れることがなかった。

センセイ、首を括《くく》ったらしい。

近郊の私立高校で体育教師をしていて、店では「センセイ」と呼ばれていた40代の客がひとり、追い込みに耐えきれず、命を絶った。

考えてみれば、あのときが分かれ目だったのかもしれない。

いや、とっくに自分たちは狂っていたけれど、それが当初は事件化されなかったことで、余計にタガが外れた。捕まるんじゃないかという恐怖感は、ミュートしきれないノイズのようにひとりひとりの心のなかでうるさく鳴っていたはずなのに、みんな、バカ踊りを止めることができなかった。むしろノイズをかき消そうとして、あの店の人間たちは、客の人生に火をつけ、彼らの生活が古木が燃えるように音を立てて焼けていくのを、声を出し、手を叩きながら、笑って見ていた。

紗穂もそのうちのひとりだったが、狂いきる手前で、いつも息子の顔がよぎってしまった。自分がもし捕まるようなことがあったら、あの子はいったい、どうやって生きていくのだろう。2年前に別れた夫は養育費もろくに振り込まず、今では音信不通だ。誰もそばにいてやれない。あの子はひとりきりになる。

男たちを嵌めるより、よほどそのことのほうが、紗穂には罪深く思えた。

店の場を離れて、紗穂の方から忠之に近づいていったとき、忠之は女としての何かを紗穂に求めてくることはなかった。もう男としての力もなかったのかもしれないが、面倒見のいい優しい老人としての体裁を崩さなかった。実際、ただの優しい老人だった。

源氏名しか知らせていなかった忠之に、本名が紗穂であることを伝えると、そのときばかりは思春期の少年のように顔を赤らめて「これから、君のことを紗穂さんって呼んでいいのかい?」と聞いてきた。「〝さん〟はいらない。紗穂でいいよ」と伝えると、左胸を手で押さえて、深呼吸をしながら目を閉じて喜ぶものだから、そのまま漫画みたいに倒れたりしないかと、心配になって笑ってしまった。

あの部屋に親子二人を招き入れてくれたとき、忠之は泣いていた。

部屋のなかが丁寧に掃除されていたのはあの謹直な老人らしかったが、家具のすべてが昭和から時間を飛び越えてきたかのようで、古めかしいのに、その当時の新しさが保たれたままになっているのが不思議だった。過去が生きたまま現在に連れてこられている。現在のみずみずしい時間のなかに、素知らぬ顔で佇んでいる。そしてなにより、小学生くらいの子どもが使うような品物が、部屋のそこかしこに置かれていたことに紗穂は戸惑った。まだ、はるとの年齢で使うようなものではなかった。

明らかに昔ここで、この机を、あるいはこのおもちゃを、使っていた子どもがいたはずだ。黒いアップライトピアノの天板にはほこりひとつなく、つい最近まで音が鳴っていたんじゃないかとさえ思えた。この老人が弾くはずもない。誰が弾いていたのか。紗穂はそのとき、松野忠之という老人に初めてかすかな恐れを感じた。

あの部屋で暮らし始めて数ヶ月が経った頃、店長の男が捕まって、これまで散々、客の人生に火をつけていたあの店の人間たちが、いよいよ、自分たちの人生を燃やす番になった。自分のところにも、そろそろ来るべきものが来る。

紗穂は泣きながら、これまでのすべてを忠之に明かした。

はるとを預けたいから、忠之に近づいたのだということも、偽りなく伝えた。

忠之は店で世間話を聞いてくれたときと変わらぬ穏やかな面もちで頷いた。ニコニコとして、余計な言葉を挟むこともなく、紗穂が嗚咽《おえつ》して言葉を継げなくなっても、話が終わるまで黙っていた。そして紗穂が喋り終えると、呟いた。

「あなたも罪を背負っていたのですね」

この部屋に、かつて住んでいた親子のこと。

この純朴な老人が彼らを裏切ってしまったこと。

それを悔いながら、今までこの部屋でひとりで暮らしてきたこと。

そして、いつか彼らが戻ってきたときに、部屋をそのまま返せるように、すべてをそのままにしてきたこと。

今度は忠之が打ち明け、忠之が嗚咽した。長い間、陽の光のもとに晒したことのない事実を吐き切ろうする忠之を、紗穂もまた、口を挟むことなく、最後まで受け止めた。

「僕はね、ずっと待っていたんです。この家にあの家族が帰ってくることを。でもね、もう僕は気がついてしまった。もう、あれから、20年近くが経っているんです。僕は彼らを待っていたようでね、本当は待つことに甘えていたんです。自分がしてしまった罪に耐えられなくて、こうやって部屋を保ち続けて、待っていることをあろうことか免罪符にして。そうしなければ、とても、この家で暮らしてはいけなかった。もう彼らは帰ってきてはくれない。心のどこかではわかっていたのに、僕はその現実から逃げ続けたんです。20年前と変わらない部屋なんて、もう彼らさえ、求めていない。なんになる……なんになるんだ。僕はいったい、なにをしていたんでしょう……。だからね、あのときと変わらないこの部屋は……僕そのものなんです。待たないと生きていけなかった、情けない自分、そのものなんです」

この部屋を〝はるとくんのもの〟にしようと言ったのは忠之だった。

はるとはまだ3歳だった。

今、紗穂が目の前から去れば、母親のことをどれほど記憶できるか、わからない。

この部屋に残ったすべてのモノの思い出を、はるとのために新しい〝おはなし〟として書き換える。その物語の先に必ず、紗穂の存在をつなげる。母の愛情を常に感じさせながら、はるとをひとりにはしない。紗穂は、かつてここに住んでいた親子のことを慮《おもんぱか》って

その提案を渋ったが、忠之の決意は固かった。

「もう待つことに甘えるのはやめたいんです。はるとくんのために、この部屋を使えるなら、それでいい。せめて、はるとくんに……」

紗穂はひとつ条件をつけた。

「どうせ嘘をつくのなら、私のことも嘘にしてほしい。警察に捕まるような、こんなダメ

な母親の姿なんて、あの子に話さないでいい。私は死んだことにしてくれてもいい」

「それはだめだ。それはだめだよ、紗穂さん」

「せめて、私みたいな最低の母親のおはなしより、とびきり優しい素敵な母親のおはなしをつくって、あの子に喋ってあげて。あの子がひとりでいても寂しくないように。この部屋と、あの子にふさわしい優しい母親の、素敵な嘘のおはなしを……」

焦るように養子縁組を果たしてから、3ヶ月ほどが経った頃、家を出た紗穂は、玄関先で警察の捜査員に任意同行を求められ、そのまま部屋に戻ることはなかった。


テレビにNHKの歌番組が流れている。

出演者の衣装を見ると、夏前に放送された番組だろうか。刑務所内で見られる番組やチャンネルは決まっていて、ほとんどが刑務官が事前に録画したものだ。

小中学生の5人組ユニットが色鮮やかな民族風の衣装を着込み、手のひらを開き、腕を左右に大きく振って、肩を揺らしながら歌っている。夏の国際スポーツイベントを盛り上げるテーマソングで、ここ数ヶ月は日本中の小学校で、やたらこの曲が流れていたらしい。小学生たちはみんな、この曲のメロディを口ずさめるという。

5人組ユニットの一番年少の子が、小学校4年生だった。

紗穂は頭のなかで、はるとの年齢とそれに当てはまる学年を数え、自分を納得させるように頷きながら「やっぱり同い年だ」と小さな声で呟いた。

あの子が10歳だなんて、実感がない。

もう何年もあの子のカラダに触れていない。抱っこ、抱っことせがまれて、あんなに毎日抱きしめてやっていたカラダなのに、自分は手放してしまった。ただ寝返りができただけで、ただ二本足で立ち上がれただけで、あんなにはしゃいで喜んでいたのに、きっとあの子はもう、グラウンドを走り回ってサッカーボールを蹴っている。すがるように握りしめている昔の記憶の切れ端と、この刑務所を出た先の世界にあるはずの現実との差に、紗穂はときどき、くらくらしそうになった。

忠之からの手紙が途絶えて、1年ほど写真を見ていない。

今、あの子はどんな顔をしているのだろう。

手紙の返事の文面は、ずっと忠之が考えてくれていた。

自分はどうしても書けなかった。自分が書いたら、このみじめな母親のあらが、紙の上をみっともなく汚してしまいそうで、それをはるとが目にしたら、あの子が寂しさをしのぐために抱えている〝素晴らしい母親〟の幻を、くずしてしまうんじゃないかと。やっぱり死んだことにしてもらえばよかったと、何度思ったことか。

筆跡で気づかれてしまうから、字は盛田潤子が代筆してくれていたらしい。

だが、今、そのやりとりも続いているかどうか……。

このあいだ、弁護士に仮釈放の許可が出る可能性があると言われた。

いずれにしても、あと数ヶ月で刑期は満了する。外の世界に出なくてはならない。

私はあの子に会っていいのだろうか。

私のような母親が、あの子の人生に関わらないほうがいいんじゃないか。私が捕まったことをあの子が知らないでいるのなら、あの子が〝素晴らしい母親〟を、胸に抱き続けているのなら、いっそ、このまま、あの子の前に現れないほうがいいんじゃないか。

盛田から届いた手紙には、忠之の認知症が進行してしまったこと、そして忠之が大切に守ってきたあの家が、競売にかかる恐れがあることが書かれていた。

末尾には「はるとくんは、あなたに会いたがっている」と書いてあった。

3

松野はると

「さしおさえ……さしおさえが……はじまってしまう……」

おじいちゃんがテーブルの横で唸《うな》ってる。もともと背中が曲がっていてひどい猫背なのに、亀みたいに首をすくめて、おでこを下に向けて泣きそうな顔をして、いつもよりも、もっとちっちゃくなっている。

さっきの電話のひとが、何かをおじいちゃんに言った。

最近は電話はぜんぶ自分が出てる。ほとんどかかってくることはないけれど、たまに変なセールスのひとがかけてくることがあって、おじいちゃんはそれをうんうんと聞いてしまうから、危なっかしくて。怪しい詐欺みたいなのもあるし、電話は僕がとるって言ってある。僕が学校に行っているときは、受話器のところに「電話には出ない！」って書いたメモを貼ってあるんだけど、おじいちゃんはお構いなしで、それを剝がして電話に出ちゃう。どうすればいいか、今でも悩んでる。

だけど、今日の電話はおじいちゃんに代わるしかなかった。

「裁判所の者」だって電話先のひとは言ってた。嘘かもしれないと思って、本当に裁判所のひとですかって聞いたら、そのひとがいる部署の名前とか、肩書きとか、いろいろ喋ってくれて、でも、難しくて聞きとれなくて、何回か聞き直してたら「とにかく家のひとに代わってくれるかな？」って強めの低い声で言われて、さすがに怖かった。「先に郵便を送ってあるはずだから、それを見てくれないかな」とも言われた。

「仮執行宣言付支払督促」

漢字が読めなかったけれど、おじいちゃんに封筒を渡したら読んでくれた。

いつも僕が何か言っても反応が遅くて、ぼーっとしているおじいちゃんの目が、いきなり真剣になった。聞いたことがないくらいしっかりした声で「代わりなさい！」って言ったから、すごく驚いた。今まで見たことがないおじいちゃんの顔で、自分でもなんでそう思うのか変な感じだけど、ちょっと嬉しかった。戻ったのかなって。僕は昔のおじいちゃんのことをあんまり知らないけれど。

「いきなり、こちらにいらっしゃると言われましても……」

はじめのうちは、かっこいいおじいちゃんで応えてたけれど、電話で話しているうちにみるみる、いつものおじいちゃんになった。いや、いつもよりも、もっとおどおどしていたかも。電話を切って、ぶつぶつ言いながら、しばらく電話の前をうろうろしてた。そのあと、電池が切れたみたいにうなだれて、もう何分経ったかな。見てられない。

キッチンのところにあの名刺が置いてあったはずだ。

市役所の生活福祉課のお姉さんの。買い物用の小銭が入れてあるプラスチックケースのなかを探すとやっぱり名刺が何枚か入ってた。裏っ返しにすると「お困りの際はお電話ください」ってペンで書いてある。ちゃんと漢字が読めているか自信がないけど、たぶん電話していいんだと思う。おじいちゃんに渡したら、首を傾げながらだけれど、電話してくれた。

「この……お名刺をいただいた……い、五十嵐さん。五十嵐さんという方はいらっしゃいますか？」

ああ、それはお兄さんのほうだ。お兄さんじゃなくて、お姉さんを呼んだほうがいい。お兄さんは近所のおばちゃんと喧嘩になったとき、怒ってたし。でも、おじいちゃんはたぶん、ぜんぶ忘れちゃっているんだろう。どっちがどっちかも、わかっていない。

最初はぺこぺこと電話の前で頭を下げていたけれど、そのうち直立不動になる。おじいちゃんの表情がむすっとしたまま変わらない。眉毛があがって、なんか機嫌が悪くなっている感じだ。受話器を握っている手が震えてる。大丈夫かな。こわい。

「なんで何もしてくれないんですか！」

ああ、怒鳴ってしまった。すごくたまにだけれど、おじいちゃんはどうしていいかわからなくなると、大きな声を出しちゃうときがある。ここ最近、前よりも、その回数が増えてきた。怒鳴ったり、キレたりしちゃうのは本当に困る。まだ、おどおどしてくれていたほうが百倍楽だ。

これじゃ、ダメだ。おばちゃんに叱られるくらいがちょうどいい。おじいちゃんは嫌がったけれど、お兄さんなら僕の方が話せるからって、説得した。

大人のひとは子どもが喋れば優しくしてくれることがある。

あのお兄さんだって、たぶん、そういうタイプだ。受話器の先に聞こえたお兄さんの声はあのときと同じで落ち着いてた。全然ピリピリしてなくて、覚えていてくれたのか「はるとくーん！」と明るく言ってくれて、少し安心した。

でも、お願いはうまくいかなかった。

「はるとくん。ごめんね。裁判所の差し押さえや民事のあれこれに、我々市役所の人間は介入できないんです。かいにゅうって難しい言葉、まだはるとくんにはわからないよね。簡単にいうと役所の僕たちは今、はるとくんたちをお手伝いできないんだ」

「ちょっと、付き添いだけでもダメですか。その……裁判所のひとの難しいお話を、僕もおじいちゃんもたぶんわからないから。お話のお手伝いだけでいいんです」

「うーん……なかなか難しいかな。間違って伝えちゃったら、責任とれないしなぁ」

やっぱりだ。あのお兄さん、声は優しいんだけど、どこか冷めてるっていうか、突き放す感じだ。この感じは担任の大森先生と同じだ。「なんでもするよ」って声をかけてくれるけど、いざってときはなんにもしてくれない。「なんでもするよ」って言うとき、すごいドヤ顔で言うから、やっぱり、その言葉を言いたいだけなんだと思う。自分に酔うっていうか。この五十嵐っていうお兄さんも、そんな匂いがした。もう、僕だっていろいろわかる。大人のひとたちの、そういう感じが。

あのお姉さんはどこにいるんだろう。あのひとは変なところでニコニコしないから好きだ。ニコニコする大人は、だいたい嘘つきだって決まってる。

たぶん、あのお姉さんなら、きっとなんとかしてくれる。近所のおばちゃんに詰められたときだって、助けてくれた。また役所に行けば、いるだろうか。

役所に行こう。自転車で行けば、すぐだ。早く、行かなくちゃ。

4　上村深春

福祉部部長の内村進一は老眼用のメガネを手にとり、鼻の上にかけると、般若《はんにゃ》のように眉をしかめた。色白の面長で、普段は目尻の皺のせいか、わざわざ口角を上げなくても、微笑んでいるように見える。だが、書類を眺めるときだけは柔和な顔つきが極端に険しくなり、鬼面を被ったようなしかめっ面に切り替わるので、そのギャップが面白い。

「最近はもう、細かい文字を見ていると偏頭痛が起きちゃってさ。さすがに老体には限界だね。定年まであと2年。もたないよ」

「大丈夫です。いざとなったら、私たちが部長の代わりに読みますから」

「いやぁ、それじゃ介護じゃん。でも、優秀な部下たちに介護されるんだったら、それはそれで幸せか。部下を育てた甲斐がある」

「内村さんのためだったら、みんな喜んで」

「ほんとにー？　また、そんな風に言って、おじさんを甘やかして。はい、これ、問題ないです。簡潔なレポート、ありがとう。市内の心療内科と介護施設の連携については市長も市議会で後押しするような発言をしてくれているから、連絡会の立ち上げも、うまくまとまると思います……というか、まとめます。僕がしっかり」

「はい、お願いします」

人を遠ざけない愛嬌がありながら、内村の部下で彼を軽んじる人間はいない。誰からも尊敬される人物だ。市内や近隣自治体にある医療、福祉、教育のあらゆる団体に顔が利き、それぞれの界隈のコミュニティにも深く食い込んでいる。「内村さんが言うなら……」と協力してくれる有力者は多い。いっそのこと、こういうひとが市長になってくれれば……と思ったのは深春だけではなかったようで、以前は後輩職員の有志たちが、彼を候補者として担ぎあげようとする動きもあったらしい。当の本人は「バカ言うな！」と笑い飛ばしたというから、それはそれで内村らしいが。

「レポートの件はこれで以上で……えっと、上村さん、ちょっとそこに座ってくれる。少し話があるんだ」

内村は近くにあったパイプ椅子をさっと腕でつかみ、深春の前に差し出した。

指示されていたレポートを提出し終えたら、すぐに自分の席に戻ろうと思っていた深春は内村のデスク前で立ったまま、きょとんとしている。内村が右手を前に出し、座るように促す。親しみがあるはずの内村の微笑みに、なぜか少し身構えてしまう。

「ごめんね、急に。これさ、五十嵐くんと上村さんが担当者って記載されている、こちらのケースファイルについてなんだけれど」

深春が提出したレポートと入れ替えるように、内村は福祉部で定型となっているA4サイズのファイルを取り出した。表紙は薄いブルー。この色は中身が高齢者支援に関連する案件であることを示している。ピンクは生活保護案件、イエローは児童及び障害者支援案件、グリーンがその他だ。表紙の右上にナンバリングがされていて、冒頭の英字で対象者の居住区域がわかる。ファイルには〝S〟の字があった。サンパレス桜ヶ丘がある桜ヶ丘1丁目から4丁目を示している。

「対象者のこちらの男性。松野忠之さん、68歳。そしてこの松野さんが住んでいる、この物件。サンパレス桜ヶ丘、6号棟の501号室」

深春は内村の目を見ることができなかった。

差し出されたファイルに視線を逃がし、黙りこんだ。

「上村さん、君にとってはどちらも、特別な事情があるよね」

ほんのわずかな沈黙のつもりだったが、相手からすれば長く思えたのかもしれない。内村は座ったまま、もぞもぞと腰の位置を直した。

「松野さんは、私のことは覚えていないようです」

やっと漏らした言葉がまともな返答になっていないことはわかっている。

それでも内村は、デスクの上で両手を組み、うんうんと頷きながら、次の言葉を継ぐ前に十分な間をとってくれた。

「そうだね。松野さんに認知症の症状が出ていることは報告書を読んで僕も把握しています。もちろん、これまでの調査に何か問題があるわけではない。でも、君と松野さん、そしてこの部屋とのあいだには過去に特殊な事情があったことは確かだよね」

深春がたどってきた過去について詳しく知っている人間は、この役所内では少ない。

そもそも周囲に自分の育ってきた環境について長々と語るタイミングは無かった。

職員には地元出身者も多く、20年以上前の汚職事件の騒動について、当時の雰囲気を覚えている者も少なくはなかったが、まさかその事件と、目の前の若い女とが関わりがあると思うひとはいなかった。あの事件はこの街の人間にとって、現在と切り離された遠い昔話だ。深春には幼馴染と呼べる友人はいなかった。少女だった当時の深春を知る人は周囲にはほとんどいない。

だが、内村は採用面接の際に深春が養護施設で暮らした時期があることを知った。その養護施設にも内村の知人は多くいた。過去のあれこれに立ち入ってくることは決してなかったが、多くを察して「自分も大変な経験をしたひとは、現場に行くと嫌なことを思い出したりもするから」と配属当初は気にかけて、よく声をかけてくれた。

自分の背景を知ってくれているひとがいる。そしてそれが、他の誰でもなく尊敬する内村である。そのことは深春を安心させていた。

「君が恣意《しい》的なアクションを起こすとは考えていません。僕はケースワーカーとしての上村さんを信頼しているし、あなたはどんなときも理性的に仕事ができるひとだと思っています。でも、対象者と以前、軽視できないインシデントがあって、その当事者であることがわかってしまった今、君を担当者につかせ続けるわけにはいかないんだ。これは君の能力うんぬんの話じゃない。ルールとして、なんだ。わかるよね」

首を振ることはできない。頷くしかない。内村が言っていることは至極、まっとうなことだ。深春は顎をわずかに上下に動かした。

「きっと君のことだから、いろいろな考えがあってのことだとは思うんだけれど……今回ばかりは……勘弁してね。一度、この件、精査をするから。僕の方で預からせてもらえないかな」

〝いろいろな考えがあってのこと〟と内村は気を使った言い回しをしてくれたが、実際はそんな綺麗なものではない。あの男が老いぼれた末にどのような姿になったか見てみたい。

そんな卑俗な好奇心からに過ぎないし、もっと言えば、兄が垣間見せた復讐心とほとんど同じものが、わずかとはいえ、自分のなかに在ったことは否定できない。

このまま進めば、内村が危惧する〝恣意的なアクション〟を起こしてしまっていたかもしれない。いい機会だったのだ。納得しなければいけない。自分も熱くなりすぎている。信頼する内村にこの件の行く末を預けられるのなら、むしろあの家族にとっても、良いことであるはずだ。

「適切にご報告できず、申し訳ありませんでした」

「いや、君が謝ることじゃない。担当の振り分けについては管理職側の責任だから。僕がしっかりと目を配っておくべきだった。申し訳ない。まぁ、いったん、業務は五十嵐くんにまかせてください」

どっと疲れてしまった。

内村との会話を終え、生活福祉課の自分のデスクに戻った深春は、いつもの習慣でデスクトップPCの起動ボタンを押したものの、そこからマウスを動かして、業務ファイルをクリックする気にはなれず、立ち上がった青白い画面をぼーっと眺めていた。

PC画面のふちに何枚かの付箋が貼ってある。ほとんどは自分で貼ったメモ書きだが、ひとつ、名刺大くらいの大きさの見慣れない紫色の付箋が目に入った。自分では選ばない色だ。彩度が抑えられた暗い紫の下地に黒のマジックペンで文字を書いてあるので、字が埋もれ、見づらい。こういうセンスのない書き方をするのは、あのひとしかいない。

何かの言付けか。気がついていなかったが、スマホを開くと五十嵐から不在着信が2件入っている。ああ、面倒だ。以前もそうだったが、電話を何度もかけてくるから、よっぽどのことかと思って折り返したら、近所のラーメン屋が潰れただの、スタバの新商品が出ていただの、本当にどうでもいいことだったりする。

今、五十嵐の相手をする気力はない。深春はデスク上に置いたポーチから財布を取り出し、そのまま席を立った。

福祉部、生活福祉課は市役所本庁2階にあって、課の窓口を出てすぐのところにある階段を降りていくと、ちょうど1階の売店前に出る。売店は食堂も併設されていて、職員たちが昼食や休憩時に利用する。簡単な打ち合わせをしているひとたちも多い。

生活福祉課に配属されて、良かったなと思う点をひとつあげるとすれば、この課が他の課よりも売店に近いことだ。ものの10秒で行ける。本当は業務中に売店に逃げること は誉められたことではないのだけれど、集中できないとき、疲れがピークを超えたときはペットボトルのホットミルクティーや、アポロのいちごチョコレートなどをさっと売店に買いに行く。口の中に広がる甘みだけが自分を癒してくれ、励ましてくれる。疲れた心には糖分が必要だ。五十嵐の電話に折り返すのはそれからでいい。

小走りに階段を降りていくと、途中で思いもよらず、そこに痩せ型の長身の男がぬっと立ちはだかった。このタイミングでもっとも顔を合わせたくない男だった。

「あ、上村さん！　メモ見た？」

「五十嵐さん、ごめんなさい、まだ見てなくて……ってメモって、何のことですか？」

変な問いかけになってしまった。とぼけるにしても、とぼけ方が下手すぎるなと自分でも思う。しかし、五十嵐なら、それでやり過ごせそうな気もする。

「上村さんのＰＣのところに貼っておいたやつだよ。何度も電話かけたんだけど、気づかなかった？」

「すみません、部長と面談中だったので……どうされたんですか？」

「いやさ、松野さんのところ、マンションの部屋が差し押さえになっちゃうみたい」

「え？」

「さっき、松野さんご本人から電話があってね。裁判所から通知が来たって。あのひともさすがにヤバいってわかるのかな、焦ってたよ。でも、差し押さえってなると、こちらも下手に介入はできないからねぇ。はるとくんとも電話で話せたんだけれど、悪いんだけど今回は……って伝えてね。あの子、ほんとにしっかりしてるよね。おじいちゃんより、よっぽどちゃんと話せる」

五十嵐の呑気な口調に、深春は血の気がひくような感覚に陥った。五十嵐は目の前の後輩が担当から外されたことをまだ知らされていないのだろう。そういう意味では、ここで会えて話が聞けたのは、運が良かったか。

「けなげなもんでさ。はるとくん、さっき、わざわざここまで来てくれたんだ。上村さんのことも探してた。だから電話したんだよ。でも、何もできないからね。まずは裁判所の指示に従って、生活のことはそれから相談に乗るからって伝えて、帰ってもらったよ。ちゃんと理解できたかなぁ」

「はるとくん、来たんですか？　なんで言ってくれないんですか！」

売店から廊下をつたって市役所入口のロビーにまで響くような大きな声だった。買い物をしていた他の職員たちはみんな、呆気にとられたような顔をして、こちらを見ている。

「え、いや……だから、電話を……なんか、ごめんね」

五十嵐からすれば連絡を尽くしたわけで、理不尽を言っているのはこちらだとわかっているが、アワアワとしている表情を見るだけでその顔めがけて怒りを投げつけたくなる。

「はるとくんが帰ったのは、どれくらい前ですか？」

「え？　ああ……10分、15分くらい前かな。ついさっきだよ。自転車で来てたようだから、もう家には着いたんじゃないかな」

「そうですか……ごめんなさい、取り乱しました。少し、自分を落ち着かせてきます」

「いや、こちらこそ……なんか、ごめんね……まぁ、僕もちゃんと連……」

「失礼します」

深春は階段を降りきることなく、そこで反転し、すぐに課に戻ると、自分の席に置いてあったカバンを手にとり、近くにいた同僚に「対象者の巡回に行ってきます」と伝えて、そのまま課から出ていった。先ほどの階段を降りると、売店の買い物袋をもった五十嵐と再びすれ違ったが、頭を下げるだけで何も言わず、その場を通り過ぎて、市役所本庁の正面玄関から外へと飛び出した。本庁の目の前にあるタクシー乗り場に向かうほんの数十メートルの道すがら、深春はスマホを取り出し、歩きながら電話をかけた。

「もしもし、お兄ちゃん？　頼みたいことがあるの」

5　松野忠之

忠之は体を強張らせて、椅子に腰掛けていた。

玄関のチャイムが鳴った。招かざる客が来てしまったか。

テーブルの上に散らばっている数通の差押予告通知。今まで、どうして気がつけなかったのだろう。おそらく自分は受け取ったことさえ、忘れてしまったのではないか。郵便物は、はるとがいつもキッチンのお菓子缶のなかにまとめてくれている。輪ゴムで縛られたハガキの束のなかに裁判所からの通知類が紛れていた。先ほどの電話では何を話したか。冷たい口調で、早口で畳み掛けるように言われたので、すべてを整理できていない。

だが、この家が差し押さえの対象になりつつあることは間違いない。

しっかりしなくてはいけない。気を確かに持って、ひとつひとつ順番に考えて、できることをやらなければ。私が何とかしなければ。情けない。ああ、そうだった、玄関のチャイムが鳴ったんだった。出ないといけない。裁判所のひとかもしれない。

ドアの覗き穴から見ると、スーツ姿の女性と……奥に男性がひとり。やはり裁判所のひとたちか。もう開けよう。まずは話をしなければ。

「松野さん」

「はい、私が松野です。お電話いただいた裁判所の……？」

「いえ、私たちは裁判所の人間ではありません。上村です。生活福祉課の上村です」

「お姉さん！」

「はるとくん。さっきは本当にごめんね。ちょうどお姉さんがいないときで、はるとくんのお話を聞いてあげられなかったの。これからどうするか、ちょっとおじいちゃんとお話をさせてもらっていい？」

はるとはこの女性を知っているのか。まるでヒーローでも来てくれたかのように顔を明るくさせている。生活福祉課？　さっき電話でやりとりした男性の知り合いか？　彼はとりつくしまもなかった。役所は何もできないと言っていたはずだ。このひとたちは味方なのか。助けてくれるのか。

「そちらの男性も、生活福祉課の方ですか。もしかして先ほどの電話の？」

「いえ、違います」

「はぁ……」

「私の兄です」

「お兄様……？」

「ひさしぶりだな、チューさん」

チューさん。そんな呼び方をされるのは、もう何年振りだろうか。

なぜ、その呼び方をこのひとは知っているのだ。

「あんた、俺のことを覚えてないようだな」

「あなたは誰なんですか？」

「その少年だよ。彼が俺だ」

「は？」

「その少年が大きくなったのが俺だってことだよ。おい、少年。お前、いくつだ？」

はるとが男性を睨みつけている。

「ははは。深春。たしかにこの子は昔の俺に似ているのかもな」

……深春？

6　〝津山〟駿介

ソファに腰掛けた忠之は口を半開きにして、そのまま中空を眺めていた。

手前に置かれたローテーブルの脇で、駿介は姿勢を低くし、片膝立ちになって視線の高さを忠之と合わせた。しばらく、そのまま忠之の顔を見つめた。まぶたに張りはなく、瞳は白濁している。肌の表面に斑点状のシミがあり、それらの多くが楕円となって下へと垂れている。今までいったいどれほどの量の時間を、この顔でずるずると引き摺ってきたのだろう。その重みに疲れて、鼻も頬も口もとも、すべてが垂れている。下へ下へと沈んでいく老体のなかで、心だけがいつまでも重みを持たず、ゆらゆらと漂っている。

忠之はぼーっと前を向いている。二十数年前、この男は自分たちからこの家のすべてを奪ったが、時が経つうちにこの男の存在そのものも、ここにあるソファやテーブルやミシンと変わらない、家具のひとつになってしまったのかもしれない。

焦点の定まらない眼差しは、本当に今を見つめているのだろうか。あの頃の、誰かを見つめているんじゃないか。駿介は放心している忠之の横顔を眺めていると、もう忘れ去ったはずの過去を覗き見ているような心持ちになって少し怖かった。

「チューさん」

皺の多いまぶたがわずかに反応し、電気が通ったように忠之が我に返る。聴こえた声をたどるようにして駿介の方に顔を向けると、驚いた顔をしたから、駿介は一瞬身構える。

「思い出したか」

「なにをですか」

「俺のことをだ」

「いや……どういうことでしょう」

少し落胆した自分がおかしかった。駿介は苦笑いしながら首を横に振ると、片膝立ちを解き、そのままカーペットの上であぐらを組んだ。忠之を見上げるかたちになった。

「話を始めようか」

「はい……いったい、どんな……」

「この家と、あんたらの未来についての話だ」

背中側のテーブルの椅子には、はるとが座っている。その隣に付き添うように深春が立っている。お前も座ればいいじゃないかとさっき伝えたが、落ち着かないからと深春は立ったままだった。はるとの肩に手を添え、まるで保護者のようだ。

どうしたって、母を思い出す。深春はずいぶん母に似てきたと思う。

あいつは「お兄ちゃんはお母さん似」だとよく冷やかすが、ひとのことを言うわりに、自分では自覚がないのだろうか。宝泉飯店に呼び出したときも、個室に入ってくるシルエットで母が来たのかと錯覚したくらいだ。

何より、声が似ている。

あまり口を大きく開かず、縦笛を吹くような口先をして、ぼそぼそと喋る。それでいて声に芯があるから、ひとつひとつの言葉が際立つ。

「お兄ちゃん、あんまり脅しみたいな言い方しないで」

「まだ、何も喋ってねーよ。わかってる。静かにしてろ」

忠之と視線が合っている。あの頃は、こちらのほうが背丈が低かったから、いつもこの男を見上げていた。今日と同じような角度だ。思い出すことばかりで嫌になる。

少し長めに息を吸って、駿介は切り出した。

「この家はもう少しで競売にかかる」

「ああ……」

「それは理解できるな？　あんたの会社の債権の抵当がここについている。たぶん親御さんが会社を回していた頃の長期借入だろ。バブルの頃に銀行からたんまり融資を付けられて、それをちびちび返し続けて、うん十年……ってところか？」

「それは……ちゃんと引き落とされているはずです。毎月、会社の口座から。月々の返済額もそんなに大きくない。うちには特許収入とか名義収入とか……それなりに入金があるから、現金が足りなくなるなんてことはないはずだ……」

「でも、これが来てるってことは引き落とされていないってことじゃないか」

駿介はローテーブルにまとめられたハガキの束から「督促」という文字が書かれたものを一枚引き抜き、忠之の前に掲げた。乾いた唇から息が漏れ、何かを言おうとしたが、うなるようで言葉になっていなかった。

会社の登記を取り寄せると、前任の社長は松野姓の男性だった。過去の取締役のなかには同じ苗字の女性の名前もあって、おそらくこの二人が忠之の両親と考えて間違いない。特許収入と忠之は口走っていたが、両親が現役時代に得た特許など、とっくに20年間の権利期間を終えているはずだし、名義収入といったものも曖昧で、どこまで入金が続いていたかわからない。いつからか預金が底をつき、返済が滞っていたのだろう。

とはいえ各々の権利切れを見越しての相続だったろうから、もともと会社にはある程度の現金がプールしてあったのではないか。素人の忠之はともかく、長年にわたって経営をこなした両親が、それらのリスクを理解していなかったはずがない。だが、その両親でさえ、残された資金を一気に使い切る暴挙を、息子がするとは思っていなかっただろうが。

「まぁ、あんたはずいぶん高い買い物をしたこともあるからな」

「それは……」

そのことは覚えているのか、と駿介は眉をひそめた。認知症の老人が昔のことはよく覚えているというのは話では聞いていたが、ならば少なくともこの家を買い取ったときより前の記憶は、この老人の頭のなかで、まだ脈を打っているということか。

では、〝あの兄妹〟のことも覚えているということじゃないか。

目の前にいるぞ。思い出さないのか。さっきからずっとその目を下から見上げている。

「忘れたことと、忘れてはいないことがあるようだな」

「はい……」

「こちらは忘れられなかったことばかりだけれどな」

「私は……何を忘れてしまったのでしょうか」

「それを俺に聞くなよ」

低い声を出した。ベランダ側の窓は開かれていて、網戸になっている。レースのカーテンがゆっくりとはためく。遠い向こう側にある陸橋を大きなトラックが通りすぎて、タイヤが地面を弾くような音が聴こえる。

沈黙が静けさを生み、静けさがあの頃を呼び起こす。黙っているとそばで立っている深春の息遣いがよく聴こえる気がする。そろそろ本題に入らなければならない。

「未来はふたつある」

「ふたつ？」

「そうだ、ふたつだ。だけどな、結果はひとつなんだ」

椅子が軋《きし》む音がした。忠之は一度、はるとのほうに視線をやってから、またこちらに顔を向けた。ひとは怯えたとき、守りたいものを見てしまうものだ。

「ひとつ目は、競売がかかる前に、この家を俺が買いとる未来。ふたつ目は、競売になって売りだされたこの家を、どこかの誰かさんが買う未来。いずれにしても、あんたらはこの家を奪われる。結果はシンプルだ、あんたらはこの部屋にはもう住めない」

「なんてことを……」

「悪い話をしているつもりはないんだけどな。むしろ俺は救ってやる話をしている。買いとるって言ってるんだからな。あんたらの借金はなくなるぞ。それどころか、いくらかの金が残るかもしれない」

忠之は顔を歪め、顎先だけを力なく左右に振っていた。しかし、一瞬、歯を食いしばったように頬をしぼませると、少し背筋を伸ばし、はっきりと語りだした。

「この家は……この子と、この子の母親とをつなぐものなんです。母親は今、ここにはいませんが、必ず帰ってくるんです。この子はここで母親を待っているんです。どうか、この子の大切なものを奪わないでやってください。どうかこの子の……」

「チューさん」

もう一度、低い声を出した。かつての呼び名を再び投げかけられて、忠之の白濁した瞳が、にわかに揺れたように見えた。その目を睨んだ。

「あんたは奪ったじゃねーか。ずっと昔に」

「ずっと昔……」

「覚えていないのか。俺だよ、〝津山〟駿介だよ。そこに立っている女は俺の妹だ。名前はわかるな。〝津山〟深春だ」

「津山駿介……津山深春……」

「そうだ、思い出せ。お前だけ、忘れるな」

出ていきなさい。

あのとき、そう言った男がそこにいる。

自分たちの人生を大きく変えてしまった男がそこにいる。

駿介は、遠い過去から、あの瞬間のこの男を引き摺り出し、問い詰めたかった。

戻ってこい。俺はここで待っている。

あんたにすべてを返しにきたぞ。

あのときの怒りを。

あのときの悲しみを。

忠之の瞳が潤んだ。


「駿介くん」


駿介は信じられなかった。

目の前の忠之は手を広げていた。涙を流しながら、笑っていた。

ソファに腰掛けながら、まるで幼子を迎え入れるように両手を左右に広げ、その胸を開いていた。首を傾げ、縦にも横にも皺にまみれた顔が、名前を口にしたきり、唇を震わせている。レースのカーテンがソファのすぐ後ろにまで伸びて、はためいている。滑り込んできた風が、すでに薄くなった忠之の頭髪を揺らす。団地の上を飛び交う椋鳥の鳴き声が、止まってしまいそうな時間の流れに火を点けるようにくるるくるると繰り返す。部屋の景色は変わらない。この静けさは変わらない。

そのなかで、老いた忠之は手を広げていた。

駿介は息を呑んだ。

自分たちはあの日から逃れるように生きてきた。どこまで遠くへ行っても、過去は自分たちを引き戻そうとした。忘れようと思っても、忘れられなかった。

しかし、この男は……逃げることさえ、しなかったのか。それとも逃げられなかったのか。あの日から、ずっとここにいた。過去にまみれて、過去とともに生きてきた。この部屋で待っていた。あのときの〝チューさん〟がそこにいた。

その肉体は過去から現在までの旅のなかで、ほぼ無限に思えるほど長く静けさに晒され続け、十分に衰え、疲れ、朽ちていた。はたして呆けた今、もはや時間が前に進んだことさえ、この男は理解できなくなっている。この男の心はずっとあの日に留まり続けて、そこからこちらを眺めている。

こちらに笑いかけている。手を広げて、抱きしめようとしている。

自分たちを裏切った男が、そこにいる。これはデジャブだ。

もう一度、試されている。この笑顔を信じるべきか、信じないべきか。

「聞かせてくれ」

風が肌を撫でるたびに毛穴が逆立つ。指先がさわさわと痺《しび》れている。心臓が荒々しくリズムを刻む。首筋に、耳の奥に、勢いよく脈が伝わる。

駿介は怒りを口にしたかった。叫びたかった。

あの日、あの瞬間。母が去ってしまって、兄妹二人きりで残されたこの部屋で、最後のよすがだったこの男は「出ていけ」と口にした。あのときも激しい怒りに身をまかせなければ、立っていられなかった。誰も信じられなくなって、あれから自分は、怒りだけを信じてきた。からだの隅々にまで熱がたぎっている。そのまま吐き出したい。吐き出さなければ、とても正気ではいられない。

だが、駿介は老いた忠之を前にして、声を荒げることがどうしてもできなかった。

「おい、聞こえているのか。チューさん。聞かせてくれ」

忠之は息苦しそうにして、こちらを見ていた。首を振りながら、肩を震わせ、歯がかたかたと鳴るほど唇が揺れていた。だがそれなのに、眼差しはやはり愛おしさに満ちていて、それが無性に懐かしくて、駿介は視線を逸らせなかった。

駿介は泣いていた。とめどなく流れる雫を拭うこともなかった。

「俺は、あんたにされたことを、そのままあんたに返そうと思っていた。奪われたんだから、奪い返す。同じ目に遭わせる。そのつもりだった。だが、妹が……深春が一度でいいから、あんたに会ってくれと言った。チューさんに会ってくれと言った。俺らが奪われたこの部屋で会ってくれと……。それで俺は今、ここにいる」

涙を流して、晴れるものがあるわけではない。むしろ、出口をみつけた感情は、駿介の心のなかで勢いよく噴き出してしまって、撒き散らされるばかりで、それらを言葉で掬《すく》いとることなど、とてもできなかった。駿介は意識を眉間に集中させ、用意していた問いかけを述べることだけに懸命になった。

「聞かせてくれ。なぜだ、この部屋はなぜ、あのときのままなんだ。俺らが住んでいた頃のままじゃないか。家具もピアノも、何もかもが時間が止まったみたいだ。そのままじゃないか。母さんの食器やミシンまで……。まるで母さんが昨日までここにいたみたいに……。なぜなんだ、なぜ……」

「私は待っていたんだ。君たちがここに戻ってくるのを」

鼻をすする音がした。深春も泣いている。こんな小さな音が、この部屋のなかではよく響く。深春が泣いたときは、いつも自分がすぐに気がついた。この男もそうだったはずだ。チューさんもそうだったはずだ。

「私は、君たちが戻る日を待っていたんだよ。志保美さんが……君たちのお母さんが帰ってきて、君たちがまたここで生活できる日があると信じていた。だからこの部屋をそのままに……」


「どういうこと」


静けさをまっすぐに突き抜けていく、若い声だった。

駿介は忠之が顔を横に向けるのを見た。

忠之の目は、椅子から立ち上がった、はるとを捉えていた。

「ぜんぶ、嘘だったってこと？」

それまで微笑みを保っていたこの老人の顔は、無数の皺がひび割れていき、砂山がかたちを失っていくように、みるみるうちに砕けていった。さきほどまで二十数年前の世界にいたはずの男が、愛おしい孫からの、現在の声に呼びかけられている。

「ママのものなんじゃないの？　ママが残してくれたものなんじゃないの？」

忠之は「いや」「ああ」といくつか言葉にならない声を漏らしたあと、そのまま転ぶように膝を床へと落とし、ソファから崩れ落ちた。

「机も、テーブルも……ピアノも、ミシンも……カーテンだって、絵本だって、このカーペットだって、なんだって……ぜんぶ、ぜんぶ……」

はるとが指を差して口にするたび、部屋にあるモノたちに貼られていた嘘のラベルが剝がれていく。魔法が解けていくようだった。忠之は床を這うようにしてはるとに近づくと「違うんだ、違うんだ」と言って、手と首を振りつづけた。

「ここはママの家じゃないの。ママと僕の家なんじゃないの」

喉がひきつり、忠之はもう声さえ出せなくなっていた。二人のあいだに、ほんの数秒だけ、沈黙が訪れた。孫の心が離れていったことを理解するには十分すぎる長さだった。

「やっぱりママは帰ってこないんだ……ぜんぶ嘘だった。嘘だった……ああ！　嘘だったんだ！」

「はるとくん！」

感情が弾け、ついに叫んだはるとを、深春は後ろから慌てて抱きしめた。しかし、はるとはその束縛を振り解《ほど》こうと上半身を捻《ひね》り、小さな肩から伸びた腕を激しく動かした。

「はるとくん、聞いて！　お願いだから、お姉さんの話を聞いて」

「嫌だ！　もう何も聞きたくない、ぜんぶ、嘘なんだから！　手紙も嘘だろ。本当は盛田さんが書いてたんだろ。字が同じだった。わかってたんだぞ。ずっと、ずっと……僕を騙《だま》してきたんだ。ぜんぶ、ぜんぶ、嘘だったんだ！」

深春を振り切ったはるとがテーブルの前へと飛び出した。

忠之はすがりつくように、はるとに手を伸ばした。

許しを請うているのか、それとも、その頭を撫でようとしたのか。忠之の手のひらは孫の前で小刻みに震えるばかりで、少しも触れることができなかった。

深春がもう一度、はるとの肩に手をかける。

「はるとくん、はるとくん」

「もういい、触らないで！」

はるとはそれを再び振り払うと、そのまま右手を掲げた。

右手には何かが握られていた。

「おい、少年。それは……なんだ。何を握ってる？　その紙切れ……」

問いかけた駿介に振り向くことなく、はるとは床にへたり込んだ忠之を睨みつけたまま言った。

「これは……これは本物だ……。おじいちゃんからもらったんじゃない。僕のママが、本当に書いてくれたやつだ。これだけが……これだけが僕とママの……」

「見せてみろ……それ、見せてみろ……」

駿介の声色が変わったことに、はるとは気づいた。右手を掲げたまま駿介に目をやり、そのまま、はるとは首を振った。右手を開くことに、はるとは怯えていた。

「嫌だ……」

「いいから、見せてみろ……」

たった今、叫び声が飛び交ったこの部屋のなかで、駿介の声はことさら弱く、消え入りそうなものだった。懇願するような呼びかけに、はるとの右手は開かれ、一枚の紙切れが宙を泳ぐように揺れながら、床に落ちた。


「必ず、帰ってくるね」


「母さん……母さんの字だ……。俺が子どもの頃、見ていたメモだ……」

「ああああああーーーーっ」

はるとの慟哭《どうこく》は、この部屋を満たしていた静けさを燃やし尽くそうとしていた。しかし、泣いても泣いても、必ずこの部屋は静けさへと戻っていく。はるとを囲む駿介も、深春も、忠之も、一緒に声をあげてやることはできなかった。今まで自分を守ってくれていたその紙切れに、はるとはもう、触れることができなかった。たったひとつの頼り木さえも失って、小さな体がそのまま、うずくまる。まるで静けさにひれ伏すように。

深春が泣きながら、はるとの肩に覆いかぶさった。

はるとは抵抗した。再び咆哮《ほうこう》を放ち、体を捻らせ、深春の腕を振り解いた。それでも深春はもう一度、はるとを抱く。今度は振り回されたはるとの肘が、深春のみぞおちを突いた。はるとは動きをとめることなく、むしろ、しつこく何度も、深春のみぞうちを肘で打った。深春は声を殺し、耐えながら、はるとを抱きしめることを諦めなかった。

「聞いて……」

「聞かない」

「聞きなさい！」

はるとの体はびくっと弾むと、背中を丸めたまま、ゆっくりと肘を折りたたみ、小さくなっていった。深春はその背中を何度も撫でた。

「お姉さんは最初に言ったでしょ。あなたと初めて話したときに、私はあなたに言ったはずです。それは本当なの。嘘じゃない。はるとくんのお母さんは帰ってくる。ちゃんと帰ってくるの。あなたのお母さんは、あなたのもとに帰ってくる」

はるとは返事をしなかった。すすり泣く声が、小鞠《こまり》のように縮まった小さな体の奥から聞こえてくるだけだった。頭を抱え、背中を丸め、外の世界のぜんぶが、少しでも自分のなかに入ってくることを拒んだ。ベランダからまた風が入ってくる。穏やかな風が、言葉を失った人間たちの頬を遠慮なく撫でていく。はるとは、もっと、もっと小さくなろうとした。もっともっと体を閉ざそうとした。

「少年よ……。お前の母さん、帰ってくるぞ。このじいさんから聞いてた話より、早くなってよかったな。もうしばらくしたら、出所だ」

駿介の言葉に反応して、はるとは深春の体の下から覗き見るようにして、顔を少しだけ上げた。目が真っ赤に腫れている。

「出所……？」

「もう嘘は聞きたくないんだろ。ぜんぶ本当のことを教えてやるよ。だから、俺らと話そう。俺らもな、母親を待ったことがあるんだ。お前と同じだ。この部屋で待っていたんだよ。俺ら兄妹はずっと……この部屋で待っていたんだ」

第五章

1　令和　上村深春

　盛田潤子はしきりに鼻をすすりながら、彼女の顔の大きさからすると少し小さく見えるメガネを指先でずらし、桃色の蝶の刺繍が入ったハンカチで目もとを拭っていた。

「いやぁ、私、嬉しいのよ。深春ちゃんが大きくなって、こんなにしっかりした大人になってさ。きれいな子になって」

「そうですね」と頷くわけにもいかず、深春はほぼ飲み切ったコーヒーカップの底を眺めながら、わずかに首を振ることしかできなかった。

　平日の夜だが、それなりにこのファミレスは混み合っている。隣のボックスシートでは高校生の男の子が予備校のテキストをテーブルいっぱいに広げ、勉強をしている。普通に考えれば盛田の喋り声はさぞかしうるさいだろうが、男の子は耳にブルートゥースイヤホンを詰めていて、隣席の会話は全く気になっていない様子だった。そのほうがこちらとしてもありがたい。

「昔、ここはね、ちゃんとした洋食屋だったの。知ってるでしょ？　深春ちゃんも覚えてない？　昔ながらの感じで品のあるお店だったんだけど、オーナーシェフの旦那さんが亡くなっちゃったの。それで店閉めちゃったのよね。そしたら抜け目ないわよ、すぐにチェーン店が入ってさ。ここは立地がいいから、あっというまにファミレスになっちゃって。あの洋食屋のホットケーキ、もう一度食べたかったわ。忠之さんとよく食べてたのよ」

　とにかくよく喋るひとだ。相槌を打つ暇もない。しかし、不思議と嫌な気分にはならない。むしろ、盛田のリズミカルで小気味のいい口調を黙って聴いていると、心なしか気分があがって楽しくなってくる。表情がころころと変わって、見ていて飽きない。可愛げがあるひとというのは、こういうひとのことを言うんだなと深春は思った。

　盛田は自分のことを覚えてくれていたらしいが、深春はしっかりと顔を記憶しているわけではなかった。子どもの頃に何度か会ったことがあり、ハキハキとした元気のいい女のひとだったという印象だけが、遠い花火の余韻のように心に残っている。

「忠之さんもさ、ボケちゃったけれど、こんなタイミングであなたたち二人が現れてくれるなんてねぇ。あのひとも、鈍臭いだけのおじいちゃんだけどさ、悪い人じゃないから。今までの行いが良かったのかなぁ。神様からのご褒美みたいね」

　こちらは二十数年、怒りを胸にたぎらせ、ついには家まで奪い返そうとした兄を持つ側なので、なんとも返答に困る言葉だが、盛田の陽気な声で言われると思わず頷いてしまいそうになるから不思議だった。「まぁ、いろいろあったけれど、よかったじゃない」としきりに盛田は繰り返すのだが、そのたびに「まぁ、よくはないけれど」と深春は心の中で呟き返した。

「いやぁ……でも、ほんとに……似てるわね……」

それまで矢継ぎ早に言葉を放っていた口もとが、そう言ったきりぴたりと止まり、盛田が少し潤んだ瞳でこちらを見てきた。

「やっぱり、親子なのね」

「母のこと……ですか」

「うん、志保美さんにあなたはそっくりよ」

「写真が何枚か残っているんですが、私はそんなに似てるとは思えなくて。むしろ兄のほうが顔つきというか、目や鼻のかたちが近い気がして……」

「顔つきというより、声ね」

「声ですか」

「うん、私も忘れていたはずなのにね。思い出すくらいよ」

「私は、母の声をあまり覚えていません……」

深春が呟いた一言で、会話は完全に途切れた。

盛田はテーブルに視線を落とすと唇を閉じたまま、うんうんと二、三度、頷いた。そのまま息を吐いて脱力するとパッと表情を明るくさせ、こちらに微笑みかけた。

「おなかへってない？　深春ちゃん、甘いもの好きだったでしょ？」

「嫌いじゃないです」

「もう、素直じゃないいんだから。忠之さんが、深春ちゃんはいちごチョコのアポロが好きなんだよって、昔、よく嬉しそうに喋ってた」

「今でも、アポロは食べます」

「ほらぁ、好きなんじゃない。このファミレスね、ホットケ……いや今はパンケーキか……は全然だけどミルクレープは案外美味しいのよ。ご馳走するから、一緒に食べない？」

「実は……仕事終わりにそのままここに来たんで、ちょっぴり、お腹減ってるんです」

「もう！　言ってよ。なんでも食べて。少しくらい年上にいい格好させなさい。まずはおなかをいっぱいにして。ね、そのあと、ゆっくりお話ししましょう」

忠之のこれまでについて調べていくなかで、ほんの2年ほど前まで、忠之の会社に一人の事務員がいたらしいことがわかった。はるとの口からも「盛田さん」という名前がこぼれてきて、その名前に聞き覚えがあった深春と駿介は、朧《おぼろ》げながらも記憶に残っているあの陽気な女性が、そのひとではないかと考えた。

忠之が手もとに残してあった会社の書類をめくっていくと、すぐに盛田の連絡先もみつかり、連絡してみると拍子抜けするほどすんなりと本人につながった。盛田は突然電話をしてきた深春にたいそう驚いて、電話からの声が割れるほどの大声を出して喜んでいた。

忠之の会社の資金状態が危険水域に入ったのは約5年前だという。

最後に残っていた名義収入も契約期間が切れ、ついに収入が途絶えた。その頃は忠之もまだ、記憶も認知機能もしっかりしていて、個人預金を切り崩しながら、盛田の給与を払ってくれていたという。

やがて盛田もいたたまれなくなり、解雇してくれと自ら言い出したが忠之はなかなか首を縦に振らなかった。その頃、盛田は夫が大病を患い入院中で、それに加え実の母親の介護もしていて、そういった窮状を知っていた忠之は「盛田さんに恩返しがしたいんだ」と解雇はせず、給与の減額でしのぎ、雇用を引き延ばそうとした。

「もうね、ええかっこしいなのよ。バカ真面目でしょ。あのひと、若い時分から友達とかも全然いないいんだけれど、でも、縁があったひとには、なんでもしちゃうわけ。紗穂ちゃんとはるとくんの親子を引き受けたのもそう。志保美さんやあなたたち兄妹のことだってそうよね。私のことも、その延長よ。でも、そこまで器量ないのよ。器量がないのに、気持ちだけは大盤振る舞いしようとするから。それで、えらいめにあっちゃう。やめればいいのに。もう、泣けてきちゃう。いいひとなの」

2年ほど前に、ついに盛田も会社を離れた。

その頃には忠之の言動も徐々に認知症の症状を表し始めていたという。

会社を離れたあとも連絡はとりあっていたが、1年くらい前から、少なくとも忠之から電話してくることはなくなった。盛田から電話をかけると、忠之はいつも盛田を解雇したことを忘れていて「実はもう、お給料が払えないんだ……」と毎回泣き出して、必死に謝るので、盛田も電話をかけづらくなってしまったという。

「私のことは正直、どうでもよかったんだけどさ。手紙のことだけが心配でね。はるとくんへの手紙ね。あのひとに頼まれて、私がずっと書いてたから。会社を辞めてからも、しばらく代筆は続けてたのよ。そこは、あのひとの友達として、私もできることをしてあげたかったから。はるとくんが可愛かったしね」

実の母親が刑務所にいることを隠しながら、偽の手紙のやりとりをする。

忠之が書けば、さすがに筆跡でばれる。代筆を頼めるのは盛田しかいない。

不恰好な文字で書かれていても、たとえ塀の中の寒々しい近況しか伝えられなくとも、実の母親の手紙を直接に届けたほうが子どもは嬉しいんじゃないか。盛田は再三、忠之にそう言った。しかし、忠之は薄い眉を曲げながら微笑んで「それは盛田さんの言う通りなんだけれど、ごめんね、なんとか書いて欲しい」と、いつも頭を下げてきた。

そこには母親である松野紗穂の強い希望があったという。

「母親って、そういうものなのかしら。私は子どもがいなかったからね、そこがいまいちよくわからないし、正直、複雑な気分よ。なんて言ったらいいのか、紗穂ちゃんにちょっと腹が立っちゃったときもあった。だって、はるとくん、一生懸命に手紙書くのよ。けなげでね、うるっときちゃう文章だった。それを読んで忠之さんと相談して、いつも返事を考えていたの。忠之さん、その手紙を、はるとくんの写真と一緒に紗穂ちゃんに送っていたらしいんだけど、紗穂ちゃんはやっぱり、どうしても返事が書けなかったみたい」

それまで一瞬の翳《かげ》りもなかった盛田の表情がわずかに曇って、彼女の視線はほんの数十センチ前にあるテーブルの上に沈んでいった。

「こわかったのかな。子どもに知られるのが……」

こちらに聞いているのか、それとも自分自身に呟いたのか。このひとはこんなに弱々しい声も出すのかと、深春は心なしか体まで小さく見える盛田を眺めていた。

「私も母親の気持ちはわかりません。でも、子ども側の気持ちだったら、少しわかると思います。もし私がはるとくんの立場だったら、本当のお母さんの手紙がほしかったでしょうね。それが、どんなものでも……」

盛田が視線を上げ、黙ってこちらを見つめてきた。深春も見つめ返した。紙ふぶきを散らかすみたいに、あれだけ多くの言葉をしゃべってきたひとの目が、口よりも、よほど多くのことを語りかけてきていた。しばらく、沈黙の会話が続いた。

「それは……あなたの気持ちじゃない？　はるとくんの立場じゃなくて、あのとき、お母さんの志保美さんを待っていた、あなたの本音。そうでしょ」

「そうかもしれません」

「うん……志保美さんのことを、ちゃんと、お話ししないとね」

「ええ。ご存知のことを、お聞かせいただけたら嬉しいです」

盛田は食べ終わったミルクレープの皿の上で斜めになっていたフォークを指先でつまむと、となりに敷かれていた紙ナプキンの上に置き直した。小さく息をつく。

「けっこう関わってたのよ、事件に。あなたたちのお母さん」

たったワンセンテンスなのに、下腹をえぐるような重さがあった。今さら驚くような話でもないはずだが、少なからず当時のことを知る人間からあらためて聞くと、やはり胸がぎゅっと縮む感覚があった。

「もう時効だから話すけれど、あの頃の志保美さん、たぶん逮捕される可能性もあったと思うの。ご自身でも、十分わかっていたでしょう。当然、忠之さんもね」

松野建設をとりまく贈収賄事件の経緯は、大人になってから、ある程度のことを調べ、知識として理解はしていた。もちろん、深春がそれらを知っていく過程では、感情的な向かい風に襲われる瞬間があった。事件の首謀者である松野秀之が、母親とどういった関係であったのか。なぜ自分たち兄妹は幼い頃、あの家に住むことができていたのか。そしてなぜ、母は事件が明るみに出る直前に、私たちの前を去ったのか。

母は一から十まで善良な人間だったとは、言えないのかもしれない。

しかし、母の疑惑と忠之の行動とがどう結びつくのか、深春にはまだわからなかった。

「忠之さんはあの家を買いとって志保美さんを救おうとしたの。警察があの部屋に踏み込もうとしたとき、ここは私の家だ！って、あのひと、大立ち回りしたらしいわよ。柄にもない無理しちゃってさ。でも、それで結局、志保美さんに捜査が及ぶことを身を挺して防いだ。忠之さん、不器用だけれど、思い切りだけは馬鹿みたいにいいから。ほんと馬鹿よね。全財産をはたいて、あの家を買って。自分だけ悪者になって」

「なぜ、チューさんは教えてくれなかったのですか。私たちに事情を話してくれれば、私たちだって苦しむことはなかった」

「警察の捜査がきつかったしね。変に事情を知っちゃったら、子どもだったあなたたちが捜査に耐えられるとは思えなかったんじゃない。それに、秀之さんの会社の不正には政治家のひとも、あんまり筋がよくないひとたちも関わっていたの。あんたたちに害が及ぶのが怖かったのよ。自殺した秀之さん以外にも、変な死に方した人がいたしね」

たしかにあのとき、家を追い出されてから移った養護施設に、刑事たちが話を聞きにやってきたことがあった。母親の居場所に心あたりはないか、忠之、秀之との関係はどんなものだったか、いろいろと尋ねられた。細かいことはさすがに覚えていないが、兄が声を荒げて、忠之への怒りをぶちまけていた記憶だけはしっかりある。いつもは優しかった兄が豹変して、鬼のように怖い顔で忠之のことを罵《ののし》っていたから、自分はショックで、兄の横でずっと泣いていた。刑事でさえ、呆れて兄をなだめるほどだった。

「忠之さん、あんまり事件のことは喋らなかったけどね。でも、いつか、ほとぼりが冷めたら、あの家族があそこで住めるようにしてあげたいんだとは言ってた。気が小さいひとだけど腹を決めると意地っ張りだから。本気なんだなって私は思った。弟さんも、ああいうかたちで亡くして、相当、つらい気持ちを抱えていたんじゃないかしら」

隣の席にいたはずの男子高校生がいつのまにかいなくなっていて、飲みかけのドリンクバーのグラスと、フレンチトーストの蜂蜜がべったりとついた空き皿が置かれたままになっていた。ふと見回すと、ついさきほどまで埋まっていた他の席にも、客の姿はほとんどみられない。店員の女の子が緩慢な動きで、テーブルを布巾で拭きながら食器を片付けている。有線で流れるＪ－ＰＯＰの歌詞が店に入ったときよりも、よく聞きとれる。自然と盛田の話し声も、音量を落としたものになっていった。

「あの告発文書とカセットテープも、たぶんあのひとが送ったんだと思う……」

「告発文書？」

「警察に匿名で送られた証拠のこと。事件の解決の決め手になったの。当時の市長さんと秀之さんが悪いお話ししているところの音声が警察に渡ってね。ワイドショーでもさんざん流れてたのよ。えらい騒ぎだった。街の人は逃げた秘書……つまり志保美さんが送ったって噂してたけど。私はたぶんね、あれは忠之さんが送ったんじゃないかって思うの。志保美さんがぜんぶの罪を着せられないように助けるためにね。でも、本当に忠之さんが送ったなら、あのひと……自分が送ってしまえば、弟さんが追い詰められるってわかってて……」

目の前の盛田がこぼすのは、相槌を打てない言葉ばかりだった。ひとつひとつが生臭い過去の臭気を放っていて、どれも砂袋のように重く、気持ちの重心を下へ下へと引き摺り込んでいく。軽はずみに相槌を打ってしまったら、すべてを許すことを強いられそうで、怖かった。深春は、あの部屋で膝を抱えていた頃と同じようにじっとしていた。

「母は……」

「え？」

「母はなぜ帰ってこなかったんでしょうか」

「うん……」

「チューさんが、それだけ母を庇《かば》ってくれていたというのが仮に事実だとして……だとしたら、母はもう心配せずに戻ってきてくれればよかった。でも、帰ってこなかった。逃げていただけでしょう。捜査からじゃない。私たちから」

「そうね。志保美さんも、あなたたちにうしろめたい気持ちがなかったといえば……嘘になるでしょうね。でも、忠之さんが、ああいうことをして、捜査から逃れる道をつくってくれた分、余計に戻ることはできなくなった。そうするしかなかったのよ、たぶん」

「それでも、私たちは母に帰ってきてほしかった……」

盛田もまた、深春の声に簡単に相槌を打ったりはしなかった。深春がぽつりぽつりと返す言葉にも、これまで深春が経てきた時間によって醸成された重みがあって、盛田はそのことを十分すぎるほどわかってくれているようだった。

「忠之さん、一度、あなたたちの施設を訪ねたことがあるのよ」

「そうなんですか。それは知りませんでした」

「事件から、数年経ったあとよ。でも、門前払いされたみたい。考えてみれば当然よね。あのひと、家を追い出した張本人なんだから。養護施設のひとは警察からもいろいろ聞いていたんじゃないかな。虐待してた親が、子どもをとり返しにくることもあるらしいから、そういうことには、ああいったところのひとたちは敏感というか、固いわよね。警戒して、当たり前」

「私たちはもう、その頃には施設を出ていたかもしれません。私が中学生になる頃には兄とアパートで暮らしてましたから」

「そうなの。それも忠之さんには言わなかったんでしょうね。子どもたちの情報なんて渡さないでしょう。逆に忠之さんは志保美さんの連絡先を施設の人に託したらしいけれど」

「え……？」

眉をあげて目を見開いた深春に、盛田も「え？」とつられて声を漏らしてしまった。

二人の視線がつながった刹那だけ、時間が止まったようだった。盛田は目をぱちくりさせて、首を傾げた。

「え？　なに、どうしたの？」

「いや、ちょっと待ってください。連絡先って……チューーさんは母の連絡先をつかめていたんですか？」

「ああ、当時はね、知ってたみたい。今はわからないわよ。え、あなたたちは知らなかったの？」

「知らないです。まったく。母は行方不明のままです」

「志保美さんのもとに駿介くんから連絡があったって、聞いたわよ？」

「駿介……兄ですか？　どういうことですか、意味がわからない」

盛田が怪訝な顔をしている。それ以上に深春の表情は険しく、わずかではあるが苛立ちさえ、醸《かも》し出してしまっていた。盛田が言っていることがまだのみこめない。

「ちょっと待ってください、兄が母に連絡をしたということですか？」

「いや、言葉足らずだったわね。志保美さんに直接に、というわけではないの。私も忠之さんからの又聞きだから、正確なことはわからないんだけれど。志保美さん、関西で住み込みの仕事をみつけて、生活していたらしいの」

「関西ですか。母が失踪したのは、大阪出張のあとでした」

「そう……なら、そのまま居着いたのね。そこはまぁ、様々な事情をもっているひとが働くようなところで。寮長さんがいてね。その寮長さんが連絡をとりまとめてたの。そういうところだから、簡単に外からの電話はつながないし、従業員の素性につながるようなことも口にしない。忠之さんも、その寮長さん経由で、志保美さんに伝言をしていたの」

深春はいつのまにかテーブルに乗り出すように前のめりの姿勢になっていた。首をすくめている盛田を見て、自分が落ち着きを失っていることに気づいた。だが、盛田の次の言葉が待ちきれない。盛田はたじろいでいたが深春はかまうことなく、じっと彼女を見た。

「志保美さんの息子を名乗る若い男の子から、電話があったって。その寮長さんが、そう言っていたらしいの。それって、駿介くんのことでしょ？」

2　平成　津山駿介

閉館時間が迫った図書館の入口脇のベンチが、西陽に晒されている。

ベンチの上にはくたびれたボストンバッグが置かれていた。

バッグの底の部分は擦ったような泥の跡で汚れている。その泥を隠すようにポケットの多い作業用ジャンパーが無造作に脱ぎ捨てられていて、そのジャンパーの袖にも様々な色のペンキが、玉になり、線になり、不規則に散らばるようにこびりついている。

ベンチのとなりにモスグリーンの公衆電話があった。

電話機の前に、頬ににきびをつくった、ひとりの少年が立っている。

もう外はだいぶ寒いのに、白い半袖のTシャツは汗のしみをつくっていた。左手に受話器を、右手に小銭を握り締めている。どちらの手の指も爪のふちが濃い紫色で、なかば黒ずんでいた。少年は黙っていた。

「………」

「無言電話やめてくれますかねー。あんた、こないだと同じひとでしょ？　ここ最近、何度もかけてないかい？」

「………」

「切るからね。気味が悪いな。これ以上やるようだったら、警察に相談するからね。もうイタズラはやめなさいよ」

「…つ、津山……」

「ん？　なんだ、あれ。君、声が若いな。大人じゃないね？　もしもし？」

「津山、津山志保美はいますか？」

「志保美？　津山志保美……。ああ、君、ご家族かな。そうか、ああ。もしかして息子さんとかか？」

「……………」

「うーん。まぁ、答えなくていいよ。志保美さんは今、お仕事をしていて電話には出られないんだけれどね、なにか、言《こと》づけておくことはあるかい？　伝えておいてあげるから」

「……いつ、帰ってくるのか……」

「うーん、それは、おじさんにはわからないなぁ」

「元気です。元気ですと伝えてください」

「ああ、そうか……。それはよくわかった。ちゃんと言っておくよ。安心して」

「母は元気ですか……」

「うん、心配しなくて大丈夫だよ。元気に、楽しく暮らしているから。志保美さんは大丈夫だからね。君は君で頑張りなさい。いいかい、体に気をつけて。頑張るんだよ」

「はい……」

受話器をおいた少年は、しばらくそこを離れなかった。

秋が終わりかけている。陽が沈むのは早い。街の向こうには名残惜しそうに漏れる茜色の光があるが、群青色の空が上から覆いかぶさるように寝そべって、夜の闇を連れてこようとしている。やがてそこに黒い夜が沈殿することを少年はよく知っている。

いくら大きな声で叫んでも、静けさですべてが飲み込まれてしまう、夜。

少年はジャンパーを羽織り、バッグを抱えると、ひとりで夜の果てに歩き出した。

3

令和　上村駿介、深春

冬の終わりかけに降った雪もほとんど溶けていて、高速道路はそれほど混み合ってはいなかった。練馬インターチェンジから関越自動車道へ。群馬の高崎ジャンクションで北関東自動車道に乗り換えて、しばらく進む。まだ空も薄暗い早朝から車を出したが、忠之が何度もトイレにいくので、数回、休憩を挟みながら、ゆっくりと向かった。松野紗穂の出所は正午過ぎだと聞いていた。

弁護士は仮釈放の申請を勧めていたらしいが、本来であれば身元引き受け人となるはずの忠之が認知症になっていた。弁護士は以前、忠之にも直接にコンタクトをとったというが、本人が会話する様子を見て、これは難しいと判断したらしい。

更生保護施設に身元引き受け人を頼む方法もあったが、紗穂はそれを固辞し、満期出所で構わないですと告げ、今日に至った。

刑務所のそばまで着くと、駿介は近くのコインパーキングに車を停めた。今日のためにレンタルした最大8人乗りのワンボックスカーは少し車体が大きいが、駐車場は空いていて楽に停められた。

出所の出迎えは原則3人までと規則で決められているらしい。駿介はふざけて「やくざの親分みたいに皆で出迎えてやろうか」と言っていたが、それは映画の世界の話で、近隣住民への配慮もあって、最近はそのような光景はないのだという。

制限人数を踏まえて、刑務所の出入口には忠之、はると、そして付き添いとして盛田が行くことになっていたが、はるとは車を降りるタイミングになって急にぐずり、駿介や深春にもついてきてほしいと言い出した。

「いやいや、俺らは部外者だから」と駿介は呆れ顔で笑ったが、すぐ後ろのシートのはるとはミラー越しに運転席の駿介を睨むようにして「でも、お兄ちゃんとお姉ちゃんは僕の気持ちがわかるから」と早口で言い捨てた。駿介は苦笑いでごまかしていたが、助手席にいた深春は「そうね」と短く相槌を返した。

パーキングに停めた車のなかで待機するつもりだったが「せめて僕から見えるところにいてほしい」というはるとの懇願を受け入れ、結局、仕方なく車を動かし、出入口が見渡せる、少し離れた路地にテールランプを点けて停車し、駿介と深春はそこから家族の再会を見守ることにした。

「あいつ、急にヒヨってんのかな。ちらちら、何度もこっちを振り返って。前を向けよ。やっとお母ちゃんに会えるってのに」

「お母ちゃん……って。はるとくんはママって呼んでるよ」

「夢にまでみた大好きなママだな」

「茶化さないの。お兄ちゃんも同じようなもんでしょ。はるとくんが言う通りね」

「やかましいわ」

ハンドルにもたれかかるようにして両腕をのせ、駿介はフロントガラスの先を眺めている。深春も兄の方に顔を向けることはなく、前を見据えていた。兄妹で隣に並んで何かを一緒に眺めるということが、ずいぶんと久しぶりのように感じて、深春は妙に気恥ずかしい思いがあった。

昔はそうだった。自分たちは向き合うというよりも、いつも横並びになって、同じ方向を見ていた。ベランダで母を待っていたときもそうだった。あのリビングのテレビで一緒になってジャイアンツを応援しているときも。夜の静寂に押し潰されそうな寝室で、二人で本を読んだときも。信じていたチューさんに、家を出ていけと言い渡されたときも。ずっと同じ方向を向いていたのに、いつのまにか自分たち兄妹は、互いの顔を突き合わせ、向き合うようになってしまった。

だから深春は兄の目を見つめるのが嫌だった。兄の横顔をたまに覗くほうがよっぽど兄がそばにいてくれることを感じられた。自分の味方でいてくれる気がした。そんなことを思い出していると、こみあげてくるものがあって、深春は隣を見ることができなかった。

「お、人が出てきたな。時間か」

出入口に刑務官と思しき女性が二人、姿を現し、門扉を開き始めた。他の出所者の家族だろうか、出入口の前には忠之たち以外にも数組の出迎え人が立っていた。誰もがコートなどの冬服を着込んでいて、寒そうに体を揺らしている。

気温は低いが、空は青々と澄み切った快晴で、陽の光が長く伸びた灰色の塀を照らしている。塀は光を照り返すわけでもないし、かといって太陽の明るさを吸い込んで、陰気に沈むわけでもない。無機質なコンクリートの長い壁がただそこに在って、日光に晒されているだけだ。塀の中と外とは隔絶されている。あちら側の世界と、こちら側の世界とは分けられている。そんな事実が剝き出しのオブジェとなって飾られているようだった。この塀の向こうから、はるとの母親は帰ってくる。

数人の出所者が門から出てきて、何番目かのところで盛田がはっと気づいて、前に駆け寄った。猫背の忠之はその場で立ったままで、すぐ脇で祖父に寄り添っていたはるとも身動きはしなかった。

「あのひとか」

「そうね。たぶん、あれが紗穂さんだと思う」

三人の視線の先に、薄手のグレーのロングコートを着て、ショルダーバッグを斜めがけにした細身の女性がいた。一度、門のほうに振り返り、刑務官たちに頭を下げたその女性は、もう一度三人のほうに向きなおすと、再び頭を下げた。

女性に近づいていった盛田が高い声をあげている。女性は俯きながら、小刻みに何度も頭を下げる。泣いているようにも見える。棒立ちになっていた忠之が軽く右手をあげて、やっと一歩、二歩と前に踏み出した。

しかし、はるとは祖父についていくことも、女性に駆け寄ることもしなかった。

その場にとどまったまま、母親であるひとを見ていた。

「まぁ、あいつ、どんな表情していいのか、わかんねーのかもな」

「そうかもね」

「静かなもんだな。そんなもんか」

「うん、そんなものなのかもしれない」

遠巻きに見ても、盛田がこの再会にはしゃいでいることだけはわかった。小太りの体を大袈裟《おおげさ》に動かしながら、さかんに紗穂に声をかけている。忠之の背中を何度かさすりながら、よかったね、よかったねと叫んでいる。

だが、とうの忠之と紗穂のシルエットは、どこかぎこちなく向き合っているようにも見えた。たがいに何度か頷き合うだけで、抱き合うわけでも、握手をするわけでも、肩に手を添えるわけでもない。

二人のあいだを流れ去ってしまった長い時間はもう戻らない。

再会したからといって、時計の針が派手にぐるぐると回って、巻き戻されるわけではない。いつからか狂ってしまった1秒1秒のリズムを、これからゆっくりと、もとに戻していかないといけない。何より、この長い時間のなかで、本当の紗穂のことを知らずに育ってしまったはるとは、今、まさに時が止まったかのように立ち尽くしている。はるとは先ほどと同じ場所から動かず、祖父と母が会話するのを黙ってじっと見ていた。

「俺らも、もし、母さんが帰ってきたら、あんな感じだったのかな」

「どうだろうね。お兄ちゃんなら、鼻水出して号泣してたのは間違いないと思うけど」

すぐに小気味の良い兄からの返しがくると思っていた深春は、軽口を叩いたあとに生まれた沈黙に少し戸惑った。思わず、深春は兄の顔を窺ってしまった。

久しぶりに見た兄の横顔は微笑むでもなく、それでいて悪漢を気取るでもなく、遠い虚空をまっすぐに見つめているようだった。陽射しで明るい車内のなかで、兄の瞳のなかの虹彩《こうさい》はやたら鮮やかに見えて、その美しさが少年のようで、深春は不思議な懐かしさに襲われて、次の言葉が出なかった。

「いきなり本物の母親が現れて、そりゃ、自分のなかで整理がつかねーだろ」

「うん、そうだね」

「でも、つくりものの記憶より、これから本物の母親と、本物の思い出をつくっていくんだから。それは大変なことだけどな、俺らにはできなかったことだ。うらやましいくらいだな」

「そうだね。ほんとうに」

　こちらに戻ってきたはるとたちを、駿介と深春は車を降りて出迎えた。

　出所の数週間前から盛田が手紙を書き、ある程度のことは事前に説明していたらしいが、あらためて盛田があいだに立ち、紗穂に兄妹のことを紹介してくれた。

　紗穂は緊張した面持ちで深々と頭を下げた。黒髪を後ろでひとつ結びにしていて、化粧もしていないので地味に見えるが、近くで見ると肌に若さを感じ、顔つきは少女のようなあどけなささえ残しているように見えた。だが、頬は少しこけていた。

「本当にこのたびは、ありがとうございました。おうちの件も……申し訳ありませんでした。どうか、お許しください」

「いや、やめて、やめて。礼を言うなら、チューさんにだろ。チューさんがはるとくんをここまで育ててくれたんだから」

　数秒の間があって、駿介の言う〝チューさん〟が、忠之のことだと理解したらしい紗穂は、すでに赤らんでいたまぶたを震わせ、瞳を潤ませながら、頷いた。

　それが当たり前のことだという自然さで、忠之のことを気遣うような台詞をこぼした兄に、深春は少しほっとするような気持ちになった。ここに来るまでの道中、車のなかで駿介と忠之はほとんど言葉を交わしていなかったが、駿介が忠之に向けている感情が以前と変わっていることは確かだった。

　サンパレス桜ヶ丘のあの部屋は、駿介が会社名義で買いとった。そのうえで松野一家に安い家賃で貸し出す。生活が少し落ち着くまで、家族はあの部屋にしばらく住み続ける。紗穂の就職など、社会復帰のめどがたったところで家を出ていく約束だ。もはや、あの部屋に残された〝嘘の物語〟は彼らに必要ない。あの部屋は役割を終えた。

彼らが出ていったあと、部屋をどうするかを、深春はまだ駿介に聞いていない。

「少年、よかったな。これから、やっとお母さんと暮らしていけるんだぞ」

はるとは相変わらず口を閉ざしていた。紗穂に近づくでもなく、ひとりだけ少し離れたところで大人たちの会話を見ていた。見ていたというよりも、睨んでいたというほうが正しい。奥歯に力をいれているようで顔が強張っている。大人たちが口にする「よかった」という言葉を全身で拒んでいるようだった。

駿介は返事をしないはるとをしばらく見つめると、そのまま、はるとの近くにまで歩いていき、目の前に来て、はるとを見下ろして言った。

「おい、お前。ひとつ言っていいか」

急に駿介の口調が変わった。芯のある声で、はっきりと怒気を孕《はら》んでいた。

「逃げるなよ」

はるとは頑なだった。頷くことも、首を振ることもなく、ぐっとこらえるように唇を閉じて、駿介を見上げている。

「紗穂さん！　あんたはこの子に、なにか声をかけてやったのか！」

駿介ははるとの前に仁王立ちしながら、紗穂に振り返ることなく、声を荒げた。

紗穂もまた、やっと成長した顔を見ることのできた我が子に、近寄ることができていなかった。駿介の突然の問いかけに、彼女もまた返答することができず、ショルダーバッグの肩紐をぎゅっと右手で握りしめ、黙り込んでいる。

「あんたもこの子から逃げたんだ！」

「お兄ちゃん……」

急に強い態度で親子に迫る兄を止めようと、深春が慌てて駿介に駆け寄ると、駿介は小さな声で「いいから。大丈夫だから」と呟いた。その声色は落ち着いていて、深春は不意をつかれたようにきょとんとしてしまった。

兄の口から「大丈夫」という言葉を聞くのは、久しぶりだった。

駿介は深春に頷きながら、紗穂の方へと顔を向けた。

「いいか、あんたがこの子のことをどれだけ思っていたのかは知らないが、あんたがこの子から逃げた過去はもう変えることができないんだ。この子が母親を待った時間、この子がひとりで向き合った寂しい時間から、あんたは逃げたんだ。チューさんに甘えて、この子の強さに甘えて、何年間もずっと、逃げ続けたんだ」

紗穂の肩が震えている。すでに目には涙があふれている。

「だから紗穂さん、あんたはもう逃げちゃだめだ。たとえ拒まれても、この子に向き合ってやれ。今、向き合わなかったら、一生あんたはこの子と手をつなげなくなる」

紗穂は立っていられなくなった。その場に座り込んで、咽《むせ》び泣くように声を出して、うずくまった。それをはるとは見ていた。目を真っ赤にしながら、しかし、泣き崩れる母の姿から一瞬も視線を逸らすことはなかった。瞬きさえしていないのではないかと思わせるほど、しっかりと凝視していた。

駿介はうずくまって顔を伏せた紗穂に、なおも言葉を続けた。

「今日は再会なんかじゃない。最後のチャンスなんだよ。あんたが母親として、この子に謝れる、最後のチャンスなんだ。おい、少年！　はると！　聞け」

はるとは駿介の呼びかけにやっと視線を動かし、また同じような力のこもった眼差しで駿介を睨んだ。しかし、駿介の目にも涙が浮かんでいることに気がついて、ほんの一瞬、はるとは驚いた顔をした。小さな体から、わずかに力が抜けたように見えた。

「お前も……逃げるな。たしかにお前は何も悪くない。ずっと待ち続けたお前は本当に偉かった。正しかった。母親を責めようがチューさんを責めようが、それはお前の勝手だ。好きにしろ。選べ。でも、それは〝今日まで〟のことだ。これからは違う。明日からは違うんだ。もうお前は母親と一緒の時間を生きていく。待つことは終わったんだ。待つことはもう、お前に何も与えてくれやしない。だから前を見ろ。これからはお前にも責任がある。過去を言い訳にはできないんだ。母親にそばにいてほしいのなら、ちゃんと手を伸ばせ。正直になれ。一緒にいてほしいと、しっかりとお前の口で伝えるんだ。いいか。逃げるな。ぜったいに……逃げるな」

睨むような目つきから、霧が晴れていくように敵意が消えていく。はるとは母親を見るのでもなく、駿介を見るのでもなく、少し俯き、自分の足もとのあたりをじっと見て、眉間を険しくさせて、何かを必死にひとりで考えているようだった。盛田がはるとに駆け寄ろうとしたが深春はそれを手で制した。はるとにとって、この時間がとても大切なような気がして、深春はそれを守ってやりたかった。

「ごめんね。ごめんね。はるとと……」

嗚咽で呼吸もままならない紗穂が、それでも振り絞るように声を出した。座り込んだまま顔をあげたが、涙と鼻水でぐしゃぐしゃで、乾き切って荒れた唇は激しく震えている。

今まで祖父に聞かされていた理想の母親ではない。そこにいる本物の母親は泣くばかりで、謝るばかりで、あたたかく手を広げてくれるわけでも、抱きしめてくれるわけでもない。それどころかまだ、その手で自分の頰を触れてくれさえしていない。怯えているようにも見える。目の前の自分を恐れているようにも見える。

でも、はるとはそんな母親の顔を、ずっと見ていた。まっすぐに。正面から。

「うん……」

深春はどう声をかけてあげればいいかわからなかった。駿介は黙っている。盛田は紗穂と同じくらいに泣いていて、隣で鼻水をすする音がうるさい。紗穂はときおり引きつったような声を出しながら、まだ涙がとまらない。停車したまま、キーをつけっぱなしにしていた車のエンジン音が低く鳴っているのが聴こえる。もう誰も声を発することができなくて、陽の光に照らされて、白白と明るい路地はやけに静かで、それはあの部屋の静けさとも似ているように思えた。

「帰ろう」

忠之の声だった。

ずっと黙り込んでいた忠之が、少し困ったような顔をして、微笑んでそう言った。

はるとが頷き、さっと駆け出して目の前の駿介を通り過ぎ、紗穂の近くに駆け寄った。

紗穂は「はると」と名前を叫ぶと、また声をあげて泣いた。はるとは母親に手を伸ばし、少し戸惑いながらも頭を撫でてやった。

「僕は大丈夫。僕は……。ママも大丈夫だから。ママも大丈夫……」

自分に言い聞かせたのか。母親に言い聞かせたのか。何度も、はるとは「大丈夫」と口にした。紗穂はそんなはるとの肩に恐る恐る手を伸ばし、ゆっくりと抱き寄せると、はるとは安心したのか、堰《せき》を切ったように、大声で泣いた。

4

サンパレス桜ケ丘を出る頃には、もうすっかり日が暮れていて、白い建造物の群れは、夕闇の濃紺のなかに浮かんでいた。昔はもっと外壁の白が眩しかった。月の淡い光でさえその白が撥ね返してくれるような気がした。だが、長い年月はゆっくりと炙《あぶ》るように、まっさらな白を色づかせてきた。時間という染料は、この建物の肌には合わなかったのか、傷ひとつなかったはずの表面にはひび割れが目立ち、雨によってできたシミがところどころに散らばっている。そうやって黄ばんだ外壁は夜に晒されると余計に暗く見えて、このマンションがずいぶんと老けてしまったことを感じさせた。

「駅まで送るのでいいか？　俺、このあと一度、会社に戻らないといけないんだよ」

「うん、ありがと。駅のロータリーでいいよ。私は駅の裏に自転車とめてあるから」

刑務所からの帰りの車のなかでは、興奮した盛田が延々と喋ってくれて、彼女の高い笑い声も混ざるものだから退屈しなかった。泣いたり、声を荒げたり、ずいぶんと緊張感のあるやりとりをしたから、少しでも無言の時間が続くと車内に気まずい空気が流れてしまいそうで心配だったが、それをわかってくれてのことか、盛田は運転していた駿介にも遠慮なく「駿介くんはさ、結婚はしてるの？」と今日のことと全く関係のない話題をふっかけてきた。「昔からしっかりした子だったけど、いやぁ、今日の駿介くんはかっこよかった！　立派になった！」と繰り返し、今度、知り合いの娘さんを紹介してあげたいと勢いづく。盛田に詰められて、駿介がめずらしくたじろいでいるのが、深春はおかしかった。

紗穂はさすがに言葉少なだったが、車内でののどたばたのやりとりに時折笑顔も見せて、それなりに気を楽にできているようだった。はるとも最初こそむすっとしていたが、徐々に子どもらしく、盛田の会話に茶々を入れて、ケラケラと笑っていた。

何よりも紗穂とはるとの親子が、互いに会話をすることはなくとも、座席でずっと手をつなぎ続けているのが、深春は嬉しかった。盛田がリードするバカ話に声を出して笑いながら、突然、この瞬間がとても幸せな時間のように感じて、急に涙がこみあげそうになるのが深春は不思議だった。安心したのだろう、3列目の一番後ろの席で眠っているらしい忠之のいびきが聞こえてきて、それにみんなでクスクスと笑うのも、いい時間だった。

サンパレス桜ヶ丘に着いて、忠之たちを車から降ろした。

盛田も少し、部屋の片付けや忠之の世話を手伝ってから帰るということで、ここで解散となり、駿介と深春は彼らと別れた。

サンパレスの駐車場での別れ際、盛田はさりげなく助手席の窓の近くにやってきて、深春と駿介に「本当にありがとうね」と小声で呟いた。ぱっと深春の手をとり、両手で握ったが、盛田の手のほうが震えていた。表情は彼女らしく朗らかで明るかったが、目には再び涙がたまっていた。「忠之さんも嬉しかったと思う……本当にありがとう……ありがとう」と祈るように頭を下げる。陽気で優しいひとのこんな仕草はずるいなと深春は思って、またもらい泣きしてしまった。

駅までは車で20分ほどで、兄妹二人きりの車内は、さきほどまでの賑わいが余韻として残るだけで静かだった。それでいて黙っているのが重苦しいわけでもなく、むしろ穏やかな心持ちで、駿介も深春も、見慣れたこの街の景色が流れていくのを眺めていた。

街は変わったが、変わっていない。

駅前の開発はもうこれ以上は望めないところまで完成していて、ショッピングモールもシネコンも、スポーツジムもタワマンもあって、郊外の田舎街としての背伸びはやり尽くしている。だが、駅から少し離れれば、昔からの田んぼや古い住宅地が広がっていて、街灯もそれほど多くない。

車のフロントライトが20メートルほど先を照らし、その光を追いかけるように、暗闇のなかを前に進んでいく。あまり怖くもないし、もう不安ではないのは隣に兄がいるからだろうか。深春はまだ隣を見ることができなかった。

「ねぇ」

「ん？」

「少し、聞いていい？」

「なんだよ。どうした」

「なんで、教えてくれなかったの」

「なにを？」

「お母さんに連絡ついていたのに、なんで、教えてくれなかったの」

ウインカーの音が兄妹のあいだに生まれた無言の時間を、淡々と刻んでいく。

兄は少し深く息を吸った。息を吸った音も、吐いた音も、しっかりと聴こえた。

「連絡がついた……ってほどじゃない。居場所がわかって、元気にしているというのがわかったくらいだ。それも、もう、えらい昔の話だ」

「でも、教えてくれなかった」

「そうだな……教えなかった」

「どうして、会いに行かなかったの」

「母さんは会いにこなかった。深春、わかるか。あっちは会いにこなかったんだよ。だから……そういうことだと思った」

深春は返す言葉が浮かばなかった。もとより、兄を責めるつもりもなかった。もし、自分も兄のように母がどこにいるのか知ることができたら、会いに行っただろうか。盛田に話を聞いてから、ずっと考えていた。つらい葛藤を、また兄だけに背負わせてしまっていたのだと気づいて、謝りたいくらいだった。

また無言になった。

兄がアクセルを踏み込み、タイヤがアスファルトを擦るような音が聴こえる。

深春は急に兄が離れていってしまうような感覚になって、怖くなった。

あの部屋で本を読み聞かせてくれたとき。兄がそばにいてくれたことで、自分は孤独から逃れることができた。だが兄は、自分のそばにいたからこそ、ひとりきりで寝室の暗闇を見つめなければいけなかった。今、兄の手を握らなければ、また自分の存在が、兄をひとりきりにさせてしまいそうな気がした。

今日、兄がはるとに叫んでいた言葉を思い出した。

兄は、かつての自分に向けてあの言葉を……。

深春は兄の横顔を見た。兄は泣いていた。

涙が頬をつたい、拭われることなく、ただ流れていた。

「深春、ごめん……」

「どうしたの、お兄ちゃん」

「俺、言っちゃったんだ……」

「なにを?」

「何度か、電話をかけて、やっと母さんと話せたとき」

「話せたの?」

「帰ってこないでいいって……」

深春は驚かなかった。手を伸ばし、兄の肩に触れた。手のひらを広げ、何度か兄の肩を軽く叩いた。まるで泣きやまない幼子をあやすように。ゆっくりとしたリズムで。子守唄でも歌うように。深春はもう兄を、ひとりにさせたくなかった。

「ほんと言うとな……母さんに会ってしまったら、母さんを許してしまったら……あのとき、なんとか必死に暮らしていこうとしていた自分が、崩れちゃうんじゃないかって思ったんだよ。もう、あのときは……俺は母さんを許せないでいた。母さんを信じきれなくなってたから。母さんに対する怒りで、なんとか自分を保ってたから……」

皮肉なことだったが、置いていかれたということが、捨てられたということが、まだ少年だった兄に怒りを生み、必死で生きようとする力になったこともまた事実だった。

もう変わることのない、決して動きだすことのない過去を、何度も自分の面前に持ち出して、それを睨み続け、そのたびに怒りをたぎらせて、エネルギーにして、生きていく。兄にはそれしかなかった。

兄は母を待っていた。母が帰ってくる未来を求めていた。だが、本当に母が帰って来てしまったら、私たち兄妹が願っている未来が来てしまったら、あの頃の兄は……いや、あの頃の私たちは、自分たちを肯定できなかったのかもしれない。

「謝らないで」

「深春、ごめんな……。本当にごめんな……」

「お兄ちゃん、いいから……」

「お前は会いたかったよな、母さんに。でも、俺があんなことを……ごめん」

「ううん、お兄ちゃん、違うよ」

「ごめん、ごめん……本当にごめん」

「違うよ、お兄ちゃん。私はお兄ちゃんがそばにいてくれたから、大丈夫だったよ」

「深春、ごめん……許してくれ」

「大丈夫だよ。お兄ちゃん。大丈夫だよ」

暗い街を走る車のなかで、兄妹の泣き声が、たがいに寄り添って、もたれ合っていた。

5

「なぁ、チューさん、ひとつだけ頼みがあるんだ」

「ああ、駿介くん。なんでしょう?」

「この部屋を、1日だけ、俺らに貸してくれないか」


津山志保美の所在がわかったのは、松野紗穂の出所をみんなで出迎えてから、約3ヶ月ほどが経ったときだった。

忠之が部屋に残していた資料。盛田が忠之から聞いていた話。駿介が記録していた当時の志保美の寮の電話番号など、燃えそびれた過去の破片のような情報をかき集めるところから、兄妹はもう一度、母親探しを始めていた。

忠之は松野建設の事件後、志保美の勤め先の寮長に伝言することで、数年間にわたって彼女と連絡をとっていたようだった。しかし、ある時期を境に志保美が職場を離れたことを伝えられ、そこから音信不通になったという。もとより認知症を罹患している忠之の記憶はあいまいで、古い出来事とはいえ、それほど簡単にすべてを信用するわけにはいかなかったが、その〝ある時期〟は、駿介が電話で志保美本人に「帰ってこないでいい」と告げた時期と重なっていて、信憑性があると感じられた。当時寮長には「津山さんは関東に戻ると言っていた」と伝えられたという。

ダメもとで20年ほど前に電話したその寮に駿介が連絡をすると、その電話番号はもう使われていなかった。諦めきれず、その電話番号から、当時、寮があった住所を推定できないかと調べを尽くした。すると兵庫県のある地域の住所が導き出され、当時、たしかにその周辺に、いくつかの企業が合同で従業員寮として使っていた何棟かのアパートがあったことがわかった。そこからは、やっとつかんだ細い糸が切れないように、ゆっくりと先をたどっていくような捜索だった。

該当するいくつかの企業に、しらみつぶしに連絡をしていった。倒産していたり、社名が変更になっていた企業もあった。津山志保美という従業員が過去にいなかったか。当時、寮長とされた男性について情報はないか。そのなかで幸運にも寮長と友人だったというひとが見つかり、なんと現在も年賀状のやりとりをしているという。渋る相手に頼み込んで、なんとか寮長だった男性の連絡先を聞き出し、自分たちが話を聞きたいと言っている旨を先方に伝えてもらった。

すると寮長だった男性から、こちらが電話をかける前に連絡が来た。

男性は駿介のことをはっきりと覚えていた。志保美からは「もし、もう一度、息子から電話がかかってきたときは、息子だけにはこの番号を伝えてください」と携帯の電話番号を渡されていたという。

「あの頃は暴対法とかも施行されたばかりでね。そこらへんが、まだゆるい時代だったんだよね。あの寮は身元がばれると良くないひととか、いろいろ事情があって逃げてきているひととか、まぁ、そういうひとたちが、その筋の世界のひととの仕切りで、紛れて住んでたんだ。とはいえ、家族は探すよね。あの寮ではよくあったことだよ。家族からどうしてもって、連絡が入ることがね。たまに良からぬひとだったりもするから、そこらへんはカンを働かせてね。でも、僕はそういう連絡はちゃんとメモに残して、とっておいた。なんか情が入っちゃうんだよ。人の情けっていうのかな、つなげたくなっちゃってね。君のお母さんがどういう経緯であそこにきたのかは私も聞かなかったけれど真面目なひとで印象に残っているよ。津山さん、物静かなひとだったなぁ。この番号、今は使われているかどうかわからないけれど、一度、かけてみなよ」

電話は深春がかけた。

駿介は怖くなって、どうしても電話をかけることができなかった。

そもそも20年ほど前に託された電話番号で、兄妹はつながらないことも覚悟していたが、コール音はしっかりと鳴った。

しばらく鳴り続け「はい」と出た女性の声は、深春の声にそっくりだった。

深春が声に詰まりながら「もしもし」と言うと、電話先の相手は黙った。

そして、数秒後、啜《すす》り泣く声が聴こえてきた。

桜の花が散って、しばらく経つ。

マンションの手前にある並木道も、だいぶ緑が濃くなってきた。相変わらず丘の上にあるこの地域の風の通りは良い。木々たちの葉が風に揺られてこすれ合い、ざわめいている。子どもの声はしない。ときどき、小さな玉が坂道を転がるような椋鳥の鳴き声が、それほど遠くない場所から聞こえる。離れたところにある陸橋を自動車が通る音も、以前と比べると少なくなったかもしれない。

懐かしい。本当はこの静けさは、母を待つ自分たちの味方だったんじゃないか。

ベランダに立ちながら、深春はそんなことを思っていた。

隣には兄がいる。駿介は先ほどから言葉少なで、何度か頭を掻き、繰り返し小さな息をついて、落ち着かないようだった。視線は遠いところにある。かつて、バス停があったあたり。昔はよく、忠之があそこから歩いてきた。バスの利用客が減ったこともあって、今ではバス停の位置はここからもう少し手前の地域に移されている。

「盛田さんから、あと数分で着くって、いま、ＬＩＮＥがきたよ」

「うん」

「緊張してんの」

「お前は緊張してないのかよ」

「緊張……っていうか、なんか、そわそわはしてるよ。私だって」

「大丈夫かな」

「大丈夫だよ。来るよ」

「まぁ、そりゃ……来るよな。そうだな、帰ってくるんだな。なんか信じられなくて」

「うん。やばいね」

「ほんとだな。ほんとに、やばいよな」

「こんな日がくるんだね」

「ああ、くるんだな」

兄妹はベランダで、母を待っていた。

志保美は隣の県で福祉施設の契約事務員として働きながら、ひとり暮らしをしていた。兵庫県の寮を出たあと、職も住まいも転々としたが、良くも悪くもたったひとりでの生活で、金銭的にそれほど過酷な思いをすることは幸いにもなかったという。

しかし、子どもたちへの気持ちは捨て切ることができなかった。

ある頃は、兄妹が住んでいた地元から、たった数駅しか離れていない場所で生活していた時期もあったという。駿介が会社を立ち上げたことを知り、その会社を覗きに行ったことさえあったらしい。しかし、かつて息子に電話で突きつけられた言葉を思い出し、それ以上、踏み込むことはできなかった。

寮長に託した電話番号は、たとえ携帯電話の機種を替えようとも、一度も変更することなく、ずっと持ち続けた。かかってくることは絶対にないと思っていたが、そのかかってくるはずのない、子どもたちからの電話を待つことが、唯一、志保美の心を支えていた。

自分たちで母を迎えに行ってもよかったが、駿介は「あの家で待ちたい」と深春に言った。兄の気持ちはわからなくもなかった。深春も頷いた。

母は自分で電車を乗り継ぎ、地元の駅まで来ると言った。母にもかつて会ったことがあり、わずかながら面識がある盛田に頼み、駅までタクシーで迎えに行ってもらった。待ち合わせた母と駅で会った盛田が、今からタクシーに乗ると電話してくれたが、電話の向こうで盛田はすでに号泣していて、何を言っているのか、あまりうまく聞きとれなかった。深春は盛田の涙声がおもしろくなってしまって、むしろ気が楽になった。

「あ、あのタクシーじゃない？」

「ああ、あれか」

緑色の車体がサンパレス桜ヶ丘の駐車場に入ってきた。マンションの入口へと続く車寄せにタクシーは近づき、テールランプを点けて、停車する。後部座席のドアが開いて、先に盛田が降りてきた。彼女はすぐに振り返り、ドアを手で支えようとしている。

ひとりの痩せた年配の女性が、タクシーを降りた。

顔を上げて、彼女はこちらを見た。

兄妹はしばらく無言で、母親の姿を見た。言葉を発することができなかった。

深春は手を振った。母はそれに気づくと、その場で立ち止まり、両手で顔をおおった。駿介は手を振ることもできず、固まっていた。まるで数ヶ月前のはるとのようだった。母が両手をおろし、もう一度、こちらを見た。手を振ってきた。

駿介はまだ手をあげることができず、そのまま泣き出して、うずくまった。深春は兄に合わせるように屈んで、その背中をさすった。

ベランダの後ろには窓があって、レースのカーテンが風に揺れてなびいている。奥のソファに座っているひとがいて、彼は、そんな兄妹の姿を眺めていた。

チャイムが鳴った。

兄妹は玄関の前に二人で並んだ。

深春がドアノブに手をかけ、扉を開くと、その向こうに志保美がいた。

「おかえり」

深春は静かに言った。ずっと言おうと思っていた言葉だった。その言葉以外は何も喋りたくなかった。ただ丁寧に、その言葉を母に伝えたいとずっと思ってきた。

だが、志保美は開いたドアの先に進めなかった。

唇を震わせるばかりで、ずっと立ち尽くしている。

駿介もまた動けなかった。

何も言えず、三人はただ泣きながら、その場で互いを見つめあっていた。

部屋の向こうから、風が流れてくる。静かだった。

そんな三人を後ろから眺める男が、口を開いた。

「志保美さん、この子たち、ずっと待っていたんですよ」

忠之が、あの頃の穏やかな口調でそう言うと、親子三人は声をあげ、互いに呼び合い、抱き合った。

「ただいま……ただいま……」

ずっと待っていた言葉が母の口からこぼれて、兄妹の時間はもう一度、動き出した。

参考文献

『失敗事例に学ぶ生活保護の現場対応Q＆A』眞鍋彰啓（民事法研究会）
『福祉知識ゼロからわかる！　生活保護ケースワーカーの仕事の基本』山中正則（学陽書房）
『誰も断らない　こちら神奈川県座間市生活援護課』篠原匡（朝日新聞出版）
『「待つ」ということ』鷲田清一（ＫＡＤＯＫＡＷＡ）

本書は書き下ろしです

清志まれ（きよし・まれ）

1982年生まれ。神奈川県出身。作家、音楽家。本名の水野良樹としては1999年にいきものがかりを結成、2006年に「SAKURA」でメジャーデビュー。作詞作曲を担当した代表曲に「ありがとう」「YELL」「じょいふる」「風が吹いている」など。国内外を問わず様々なアーティストに楽曲提供多数。2019年に創作プロジェクト「HIROBA」を立ち上げた他、雑誌・新聞・ウェブメディアなどでの執筆活動も行う。著書に『幸せのままで、死んでくれ』『誰が、夢を見るのか』（文藝春秋）、『犬は歌わないけれど』（新潮社）など。

おもいでがまっている

二〇二三年三月三〇日　第一刷発行

著　者　清志《きよし》まれ
発行者　花田朋子
発行所　株式会社　文藝春秋
〒一〇二－八〇〇八
東京都千代田区紀尾井町三番二三号
電話　〇三－三二六五－一二一一
印刷所　萩原印刷
製本所　大口製本
DTP制作　言語社

ISBN 978-4-16-391673-6